LA PAYSANNE PARVENUE, OU LES MEMOIRES DE Madame la Marquiſe de L. V.

Par M. LE CHEVALIER DE M.

SECONDE PARTIE.

A LA HAYE,
Chez JEAN NEAULME.

M. DCC. XXXVII.

LA PAYSANNE PARVENUE.

SECONDE PARTIE.

IL étoit bien avant dans la nuit, lorſque je revins de ma foibleſſe : une ſueur froide me couvroit le front, & je ne me relevai qu'avec peine : le ſilence de là nuit, joint à l'obſcurité, me ſaiſiſſoient d'une ſecrete horreur : le ſiniſtre cri des chats-huans, le heurlement des bêtes fauves, &

le ſillonnement imprévu des étoiles, faiſoient tout à la fois des impreſſions funeſtes dans mon ame allarmée. Que vais-je devenir? me diſois en moi-même: où ſuis-je? où dois-je aller? comment échaper au ſort qui me pourſuit? Tremblante, incertaine de la route que je devois prendre, j'errois ſans ſavoir où je portois mes timides pas. Le moindre zéphir, agitant les feuilles, m'arrêtoit, & me faiſoit treſſaillir: il ſemble que, lorſque l'on a peur, qu'on s'excite ſoi-même à augmenter les ſujets de ſa crainte? je me faiſois des fantômes des moindres objets que j'entrevoyois: tantôt je demeurois, tantôt je fuyois, & puis au moindre bruit, je me couvrois le viſage, croyant par-là échaper à ma frayeur. En paſſant, un hybou me frape de ſon aîle: je me crois perdue, je double le

pas,

pas, la racine d'un arbre accroche ma robe, il me ſemble être arrêtée par quelqu'un : je jette un cri, je me retourne ; mais connoiſſant le principe de mon effroi, je me baiſſe pour me dégager : le terrain, à cet inſtant, s'effondre ſous moi, je ſuis précipitée dans une foſſe ; elle n'étoit pas profonde, ou ma chûte fut heureuſe ; je ne me fis aucun mal, & je me trouvai aſſiſe en tombant.

Il eſt aiſé de juger de mes nouvelles allarmes dans cette ſituation imprévue : je me ramaſſai, pour ainſi dire, en moi-même ; &, m'enveloppant de ma robe, je me mis à pleurer amérement : le ſommeil eut pitié de mes ennuis, il s'empara de mes humides paupieres, & il me fit paſſer le reſte de la nuit dans ſes conſolantes douceurs.

L'aube du jour commençoit à percer l'obſcurité du bois: déja les oiſeaux annonçoient par leurs chants le retour du pere de la lumiere, lorſque je me réveillai en ſurſaut par un ſujet de frayeur bien plus réel que tous ceux que j'avois eu précédemment. Un loup, que mon effroi me fit paroître une fois plus grand, étoit à côté de moi: nos fortunes étoient ſemblables; il n'avoit pû éviter le piege qui lui étoit préparé: à cette aparition cruelle, je me crus à ma derniere heure; & je me mis à prier Dieu de toutes mes forces: je regardai cette ſuite de malheurs comme une punition de ſa part, d'avoir trop écouté le penchant qui m'entraînoit vers le Marquis; j'invoquai le Ciel, & je lui promis, que s'il me préſervoit des dents meurtieres de l'animal feroce, j'éviterois dorénanavant les occaſions de le revoir, & que je n'écouterois plus que les ſaintes inſpirations celeſtes : jamais on ne prie avec tant de ferveur, que lorſque l'on eſt en danger, je le faiſois avec une affection ſi grande, & je m'étois ſi fort recueillie, que les objets me paroiſſoient moins effrayans : je n'avois oſé, dans les premiers inſtans, arrêter mes yeux ſur mon redoutable voiſin ; peu à peu je l'enviſageai : il avoit l'air honteux & humilié, ſes regards parcouroient triſtement ſa priſon, & ſon inquiétude lui faiſoit lever de tems en tems la tête vers l'ouverture ; ſon inſtinct ſembloit chercher les moyens de s'échaper : il alloit, il venoit, à chaque pas je croyois qu'il m'alloit devorer ; il gratoit la terre de ſes pattes, & tout à coup il devint immobile : il ſembloit prêter l'oreille à du bruit qui ſe faiſoit entendre; il ſort alors de ſa place, & ſe fourre avec précipitation ſous ma robe: j'en ſuis ſaiſie, je n'ai pas la force d'exprimer ma frayeur, je ne puis que lever les yeux au Ciel; mais, que vois-je? un homme armé d'un fuſil, qui ſe prépare à tirer. Cette nouvelle apparition me rend la voix: Ah! mon Dieu, m'écriai-je, ayez pitié de moi! Qu'eſt ceci? dit celui qui étoit ſur le bord du trou; pardienne, j'allois faire un beau miracle: que faites-vous ici, la fille, & par quel hazard vous trouvez-vous renfermée avec ce loup? Au nom de Dieu, repris-je, conſolée de ces mots, ſauvez-moi; votre curioſité ſera ſatisfaite: volontiers, continua-t'il; mais, attendez un moment, je ne puis le faire ſeul, je vais chercher un de mes camarades, qui n'eſt pas éloi-

éloigné: cependant, ne craignez rien de cet animal, il ne vous fera rien; dès qu'un loup est pris, il est doux comme un mouton: en achevant ces mots, cet homme s'éloigna, & il revint un moment après avec celui dont il m'avoit parlé. L'un d'eux descendit dans la fosse; &, m'ayant élevée de terre, l'autre me saisit par les mains, & m'enleva du trou: mon premier soin fut de baiser la terre, & de remercier Dieu de la grace qu'il me faisoit de m'avoir délivrée d'un pareil danger.

Pendant que j'étois occupé de ce juste soin, mes liberateurs étoient allez expédier le malheureux loup: ils revinrent ensuite à moi, & l'un d'eux me regardant avec étonnement, Ah! mon Dieu! que vois-je? s'écria-t'il: Quel bonheur! quel plaisir! C'est Jeannette! Je jettai alors les yeux sur lui;

ma ſurpriſe fut extrême : c'étoit Colin, le fils de ce Marchand de Bois, ce prémier Amant dont j'ai parlé au commencement de ces Memoires.

Je fis un cri d'étonnement. Quoi! c'eſt vous, Colin? lui disje. Quoi! c'eſt vous, Jeannette, reprit-il, que nous croyons perdue? Oui, Colin; oui, Jeannette. Mon premier mouvement fut de joye : on ne peut s'empêcher d'en reſſentir dans de pareilles occaſions, à la vûë de ceux avec leſquels on a été élevé; mais, la ſeconde réfléxion ne fut pas pour lui, je crois qu'on en devine aſſez la raiſon.

Je m'étois engagée de rendre compte de ce qui avoit donné lieu au danger dont je venois d'être délivrée; mais, je ne me preſſai plus tant, dès que je vis Colin: je lui dis ſeulement, ſans entrer dans

dans un plus grand détail, qu'en fuyant aux pourſuites de mes raviſſeurs, je m'étois enfoncée dans le bois, où je m'étois égarée; & qu'en cherchant un chemin pour regagner le Château, le trébuchet s'étoit trouvé ſous mes pieds, & que j'y avois été précipitée.

Je ſuis bien aiſe, reprit Colin, que vous avez échapée à ce danger, & que j'aye été aſſez heureux pour y avoir part; mais, morcdienne, Jeannette, je ſuis chagrin de tout ce qui s'eſt paſſé: votre demeure à ce Château me chifonne; l'on dit que ce Marquis de malheur, qui vous a donné de l'argent de la part du Roi, vous aime.: ce n'eſt pas-là mon compte; vous ſavez bien ce que je vous ai dit, le jour que j'ai écrit cette Lettre d'Amour que vous m'avez demandé: j'ai parlé à mon pere, il m'a donné ſon conſentement pour vous épouſer. Chriſtophe que voilà, & moi, je lui avons fait accroire, pour le gagner, que vous auriez tous les ans la même aubeine dont il a tant fait bruit dans le Hameau. Cela l'a déterminé : ce n'eſt que d'hier; & j'ai couru ce matin au Château, pour vous en avertir: mais, voirement j'ai apris de belles nouvelles!

Quelles nouvelles donc, Colin? repris-je avec émotion. Car, dès que je fus délivrée du peril, les Avantures de la veille me revinrent à l'eſprit, & je tremblois qu'il ne fût arrivé quelque choſe au Marquis. Que dit-on? dis-je, prévenue de cette crainte. On vous cherche par-tout, repliqua-t'il; on dit que M. le Chevalier vous a enlevée : on le croit d'autant plus, qu'il n'a pas paru depuis le Combat qu'il a eu avec ce chien de de Marquis: mais, ce qui me console, c'eſt que celui-ci eſt bien puni, d'avoir voulu me couper l'herbe ſous le pied. Comment donc! que lui eſt-il arrivé? m'écriai-je vivement. Ah! ah! continua-t'il; vous voilà bien inquiete: qu'eſt-ce que cela vous embarraſſe? Eh bien, pour vous punir de votre mauvais cœur, je ne vous en dirai pas davantage.

Gardez donc votre ſecret, repris-je, piquée de ce diſcours: Chriſtophe ſera plus honnête que vous, il me l'aprendra: non, non, interrompit ce garçon, je ne veux pas faire de la peine à Colin; & puis c'eſt bien fait de vous rendre la pareille: depuis que vous êtes dans ce Château, vous n'avez regardé perſonne du Village, vous êtes devenuë fiere; & vous ne vous radouciſſez, que parce que vous ſentez que vous avez besoin de nous : pardienne, si j'étois à la place de Colin, je sais bien ce que je ferois ; je ne voudrois pas du vous à present, que vous êtes décriée.

Tant mieux, repris-je fiérement, & bien-aise de trouver ce prétexte pour me brouiller avec Colin; je ne suis pas si pressée de sa personne que vous le croyez, & je m'en passerai bien ; il fait jour, & je regagnerai bien le Château sans vous.

Colin fut surpris de mon aigreur; il m'aimoit toujours: attendez, me dit-il, Jeannette, je vous y conduirai. Mon Dieu, ne faites pas tant la fiere avec les gens. Non, non, continua-je, vous n'aurez pas la peine de me refuser davantage; je saurai bien les choses sans vous. En finissant ces mots, je voulus m'en aller : ils m'arrêterent tous les deux par le le bras. Ah! méchante! me dit Colin, vous ne m'échaperez pas: vous me méprisez, parce que vous vous sentez soutenue; mais, gare qu'il ne vous en arrive autant qu'à Charlotte.

Je sentois toute la dureté de ce Reproche, & il acheva de m'ôter ce préjugé qui subsistoit encore pour Colin, & que le dernier service qu'il venoit de me rendre soutenoit encore dans mon cœur. Je serois bien fâchée, lui dis-je, d'être dans le cas dont vous me parlez, & encore davantage d'être dans celui que vous eussiez quelque droit sur moi. Je vous prie, continuai-je aigrement, de ne me tenir jamais de pareils discours, & de me laisser aller: vous n'avez aucune authorité. Oh! que si, interrompit Colin: j'avons la parole de votre pere & de votre mere; & cela vaut: il il faut revenir chez eux, Mademoiselle, (puis qu'ainsi on vous nomme.) Aussi-bien, votre esprit est tout changé depuis que vous êtes parmi le beau monde: lorsque vous nous aurez hanté, vous ne serez peut-être plus si orgueilleuse. En disant ces paroles, il fit signe à Christophe, & ils me prirent l'un & l'autre par-dessous les bras, & ils m'entraînérent avec eux.

Je les suivis malgré moi, en pleurant. Vois-tu, Christophe, dit Colin, comme elle s'afflige: ça me feroit pitié, si je n'en savois pas la cause; mais c'est de regret de ne plus voir son Marquis. Avoit-on raison, lorsqu'on parloit qu'ils s'entendoient l'un & l'autre? En voilà bien la preuve: elle devroit être bien-aise de revoir son pere, sa mere, & ceux de son lieu; mais, celle-ci, elle ne vou-

voudroit jamais en entendre parler. Là, là, Jeannette, vous serez encore bien-heureuse de nous retrouver: si nous n'avons pas du galon sur nos habits, nous valons bien les Monsieurs dont vous faites tant de cas; & puis votre Mareine s'est déclarée, elle a dit qu'elle ne vous garderoit pas davantage, à cause de tout ce qui est arrivé: cela fait un bruit extraordinaire dans nos quartiers; & on dit que c'est vous, qui en êtes la cause.

Cette nouvelle, qu'il m'aprit sans y penser, me toucha jusqu'au vif; elle me fit envisager mille choses à la fois: j'avois de l'honneur; & l'idée de retourner dans le Hameau, & d'y être soupçonnée, étoit pour moi un suplice. L'amour, que j'avois pour ma mere, balançoit ma résolution: je me la représentois pleurante mon absence,

ſence, & dans l'inquietude de mon ſort; un inſtant après, je la voyois ſevere, & me croyant coupable de ce qui s'étoit paſſé. Je ſerai maltraitée, me diſois-je; & je ne paroîtrai point, qu'on ne me montre au doigt: que ſais-je même ſi le ſcelerat de Chevalier d'Elbieu n'épie pas les occaſions de me retrouver & d'effectuer ſes mauvaiſes intentions? Qui pourra lui réſiſter? O Dieux! & à quoi ſerois-je expoſée? Toutes ces Réfléxions me firent prendre le parti d'échaper dès que je le pourrois, & de m'en fuir à la Ville, où j'aimois mieux ſervir, que d'être obligée d'épouſer Colin, après les mauvais diſcours qu'il m'avoit tenu; réſoluë, dès que je ſerois à couvert, d'écrire à ma mere, & de lui faire voir les raiſons qui m'avoient empêchée de retourner vers elle.

Je revois à toutes ces choses, lorsqu'un homme à cheval parut dans le chemin: il alloit fort vîte, & il fut bien-tôt à nous. N'auriez-vous pas rencontré, nous dit-il de loin, une jeune fille... Ah! que vois-je? s'écria-t'il, en me reconnoissant: c'est elle; c'est vous, Mademoiselle Jeannette! Quel bonheur de vous retrouver, que mon Maître va être aise! En disant ces mots, cet homme mit pied à terre; il vint à moi, en met tendant les bras. Quelle fut ma joye, lorsque je vis le Valet de Chambre du Marquis! Je ne pus m'empêcher, malgré mes voisins vigilans, de la lui témoigner. Dubois, ravi, me prit la main, & il voulut me la baiser. Tout doucement, s'écria Colin en le repoussant. Allez, allez, baiser celle à qui vous avez écrit: je vous reconnois bien; vous n'avez

vez que faire de paroître si étonné. Est ce-là quelqu'un de vos parens ? me dit le Valet de Chambre, surpris de l'action de Colin. Non, non, repris-je vivement. Eh bien, à qui en a donc cet Animal ? continua Dubois, en me prenant toujours la main. Tout doucement, vous dis-je, ajouta Colin : votre chapeau bordé ne nous fait pas peur ; &, tout Paysans que je sommes, nous nous morguons de vous. Ah ! ah ! s'écria Dubois : vous voulez donc faire les mauvais, Messieurs les manans ? Pardi, manan vous-même, reprit Colin en colere : comme si nous ne sçavions pas qui vous êtes. En disant ces mots, il sauta sur le fusil de Christophe ; &, reculant deux pas, Mordienne, lui dit-il, passez votre chemin, où je vous ferons sauter comme un levreau. Dubois étoit hardi, ſhardi, il avoit été à la guerre : cette menace ne l'intimida pas. Il rangea de la main le bout du fuſil, & ſauta ſur Colin. Chriſtophe, voyant ſon camarade dans l'embarras, me quitta pour le défendre : & je profitai de ce moment de relâche, pour m'enfuir de toutes mes forces.

Après avoir traverſé un eſpace de bois conſiderable, ſans trouver ni ſentier ni chemin, j'en vis un à la fin dans lequel je rencontrai une femme qui touchoit deux ânes devant elle; je courus à elle avec agitation : elle me demanda ce que j'avois, & pourquoi je fuyois? Je feignis, & je lui répondis, que je ſortois de chez un maître qui vouloit exiger de moi des choſes qui ne me convenoient pas. Je vous ſçai bon gré, me dit la bonne femme, de votre ſageſſe, & je m'intereſſe

pour

pour vous en cette faveur: ſuivez-moi; ſi vous êtes en peine d'une condition, je vous recommanderai à une fille que j'ai à Paris, qui eſt fort bien placée, & qui pourra vous faire plaiſir : il n'y a pas long-tems qu'elle y eſt, & voilà ſes hardes que je conduis à Valvins, pour profiter d'une commodité qu'on m'a indiquée pour les lui remettre: il ne tiendra qu'à vous d'y aller par la même occaſion; voyez ſi le cœur vous en dit.

L'idée, que je me fis ſur le champ, d'échaper aux pourſuites qu'on ne devoit pas manquer de faire, & aux diſcours qu'on m'avoit tenus dont j'avois encore l'eſprit frapé, joint au plaiſir de vivre dans un lieu où je ſçavois que le Marquis faiſoit ſa reſidence, me fit prendre mon parti. Je vous ſuis bien obligée de vos offres, ſres, lui dis-je; je les áccepte avec plaiſir: eh bien, continua-t'elle, je parlerai à celui qui conduit la voiture; & ſi vous n'avez pas de quoi le ſatisfaire, je le payerai, & vous le rendrez à ma fille quand vous pourrez.

Lorſque ma mere étoit venue me voir chez ma mareine, elle m'avoit donné une douzaine de francs pour m'acheter les petites bagatelles dont les filles ont beſoin: je les avois conſervez; & je dis à cette femme, que j'avois de quoi payer mon voyage: tant mieux, reprit-elle, l'argent ne nuit jamais; & il ſeroit à ſouhaiter qu'on en eût toujours quelque peu: cela éviteroit ſouvent le malheur qui arrive à vos ſemblables, qui, pour ſe tirer d'un fâcheux embarras, ſe laiſſent ſéduire aux amorces trompeuſes qu'on tend à leur vertu.

Nous

Nous fimes environ une lieue, en tenant de pareils discours : ma conductrice proposa de déjeuner ; j'en fus charmée, ayant un besoin extrême de manger : elle tira d'une petite besace un bon morceau de pain avec du lard ; nous nous mimes à l'ombre des saules sur le bord d'un clair ruisseau : les ânes, toujours prêts à paître, s'arrêterent avec joye. Je trouvai le lard délicieux ; &, toutes les fois que je suis dégoutée aujourd'hui, & que je me rappelle ce rustique repas, l'apetit me revient, & je mange avec plaisir

Pendant que nous mangions, la bonne femme m'éxaminoit avec attention : les larmes lui vinrent ensuite aux yeux, & les morceaux lui resterent à la bouche. Eh bon Dieu ! avez-vous, ma chere bonne ? lui dis-je : il pa-

paroît que vous avez du chagrin? Vous me rappellez, reprit-elle, en s'essuyant les yeux, le souvenir d'une fille que j'ai perdue, qui s'appelloit Marianne: elle étoit de votre âge, & vous ressembloit beaucoup; plût-à-Dieu qu'elle n'eût pas été aussi jolie; c'est sa beauté qui est cause de sa mort: la pauvre enfant avoit autant de vertu qu'elle étoit aimable. Je veux vous conter en chemin son Histoire; & vous verrez alors si j'ai lieu de m'affliger toutes les fois que je me la rappelle.

Lorsque nous eûmes déjeuné, nous continuâmes notre route: la bonne femme se souvint de la promesse qu'elle m'avoit faite: Ecoutez, me dit-elle, Silviane, (car c'étoit le nom que je m'étois donné:) le recit que je vais vous faire ne vous fera point de tort;

les jeunes perſonnes ſont tous les jours ſujettes à être courtiſées: l'on en voit peu qui ſoient ſages; & c'eſt cependant le meilleur de tous les biens que l'honneur: &, quoique je pleure tous les jours Marianne, j'aime encore mieux la ſçavoir au Ciel, que de la voir dans le monde deshonorée. Lorſqu'on n'a que la vertu pour tout bien, il faut travailler à la conſerver précieuſement. Tenez, par comparaiſon, n'eſt-il pas vrai, que ſi l'on vous ôtoit le peu d'argent que vous avez, on vous enleveroit tout votre bien: n'en ſeriez-vous pas inconſolable? il en eſt de même pour l'honneur.

J'avois élevé ma fille dans ces ſentimens, & je voyois avec joye qu'elle en profitoit à meſure qu'elle avançoit en âge: à peine avoit-elle douze ans, qu'elle étoit

aimée

aimée de tout le quartier. Quoique Fontainebleau ne ſoit pas grand, le ſéjour que le Roy y fait tous les ans eſt cauſe que chacun y fait ſes affaires: mon commerce pendant ce tems eſt d'y vendre des liqueurs fraiches; & comme j'ai toujours été jalouſe d'en avoir des meilleures, un nombre d'honnêtes-gens me faiſoient l'honneur de me venir voir tous les jours.

Je m'étois apperçue avec chagrin, que ma fille diminuoit à vûe d'œil, & qu'elle avoit un fond de chagrin dont je ne pouvois démêler la cauſe: elle avoit atteint ſa dix-huitiéme année; elle me devenoit chere de plus en plus; rien ne pouvoit me conſoler de cette langueur: je ne croyois pas de mon côté en être la cauſe; j'allois au-devant de tout ce qui pouvoit lui faire plaiſir; je lui donnois toutes les choſes qui pouvoient la flatter ; &, connoiſſant ſon goût pour la parure, je lui fourniſſois abondamment de quoi le ſatisfaire ; il y avoit peu de filles de ſon état mieux miſes qu'elle ; tout cela étoit inutile, rien ne la faiſoit revenir de ſa mélancolie : je la preſſois continuellement de m'en apprendre le ſujet, elle feignoit de l'ignorer elle-même ; elle vint cependant au point qu'elle tomba dangereuſement malade : je fermai la boutique alors, & je ne voulus plus prendre d'autre ſoin que celui de la ſoulager ; je n'épargnai rien pour y réuſſir ; je fis venir les Médecins, ils ne connoiſſoient rien à ſon mal ; enfin je me mourois de la voir dans ce pitoyable état.

Un jour qu'elle étoit un peu mieux qu'à ſon ordinaire, je la preſ-

pressai de sorte de me satisfaire, qu'elle me dit en soupirant : Eh bien, ma chere mere, il faut vous contenter ; je dois trop à vos bontez, pour vous refuser cette consolation : d'ailleurs, il est tems ; je sens que je rendrai bientôt compte à Dieu de ma vie, j'aurois à me reprocher de ne vous avoir pas avoué mes foiblesses : en est-il une plus grande, que celle d'aimer un homme la premiere, & de le lui declarer ? La force de ma passion m'a mise dans l'état où vous me voyez : n'en rougissez pas, ô ma mere ; le tombeau expiera cette offense involontaire.

Non, ma chere fille, non, lui dis-je, attendrie à l'idée de la perdre : Dieu vous conservera, il aura pitié de votre foiblesse, & il soutiendra votre bonne éducation ; je le prierai avec tant d'ardeur, qu'il vous rendra à votre mere. Ah, ma chere enfant, je ne pourrois vous ſurvivre ! La religion que vous avez, reprit-elle, vous mettra au-deſſus de cette ſeparation; épargnez-moi ces larmes, ma chere mere, elles me ſaiſiſſent juſqu'au fond de mon cœur.

Cette chere fille ne put s'empêcher elle-même d'en répandre. Ah, Silviane, continua cette bonne mere, que je fus attendrie ! il me sembloit que ces pleurs fuſſent les avant-coureurs de ceux que je répandrois à ſa perte : nous fûmes l'une & l'autre un long-tems dans cet état touchant : enfin, ma fille ſe remettant avec une force d'eſprit au-deſſus de ſon âge, & d'édifiant pour moi-même par ſa réſignation & ſes ſaints diſcours, elle me parla ainſi.

Vous vous ſouvenez, ma chere

re bonne, d'un ſoir que vous vous trouvâtes incommodée, & que vous fûtes obligée de vous aller coucher: je reſtai ſeule à la boutique; je liſois en attendant l'heure que je devois la fermer; un paſſage m'avoit attendrie, & je ne pouvois m'empêcher de pleurer; c'étoit l'Hiſtoire d'Hypolite. Fatal jour! Lecture dangereuſe pour la jeuneſſe, & qui prepare le cœur à recevoir de tendres impreſſions! Il entra dans ce moment deux Cavaliers, dont l'un étoit fait comme l'amour: ils demanderent des glaces; & celui, que je viens de vous diſtinguer, le fit avec un ſon de voix, une politeſſe, & des graces, qui porterent à la fois dans mon cœur le trouble & le plaiſir. Il s'apperçut que j'avois les yeux mouillez, & en apprenant la raiſon, Que vous êtes aimable, me dit-

 il,

il, d'ajouter à la beauté la plus touchante cette bonté de cœur qui vous penetre ainſi pour le malheur des autres! C'eſt donc pour le Comte de Duglas que vous pleurez? Qu'il eſt heureux, & que ſon ſort eſt digne d'envie! Prenez bien garde de rendre jamais malheureux celui qui ſera autant épris de vous, que ce Comte l'étoit de Julie. Jugez ſi le ſimple recit de cette Hiſtoire vous touche au point où vous l'êtes, de ce que devra ſouffrir un Amant, lorſque vous l'accablerez de rigueurs.

L'ami du Cavalier, qui me parut tel, interrompit ce diſcours; je ne ſçai s'il étoit prévenu, ou s'il avoit affaire réellement: ſur ce prétexte, il le pria de trouver bon qu'il fût à un endroit où il étoit neceſſaire, en l'aſſurant qu'il viendroit le retroutrouver dès qu'il auroit fini.

Je me trouvai par ce moyen ſeule avec ce Cavalier : j'ignore s'il ſçavoit mieux s'exprimer que ceux qui juſques-là m'avoient rendu des ſoins, ou ſi mon cœur, prévenu par la fatale lecture, ſe trouva dans cette ſituation qui le fait aimer ; quoi qu'il en ſoit, il fut touché, avant même la declaration que le jeune homme me fit de ſon amour, & pour comble de honte j'avouai ma défaite : il en fut tranſporté, il ſe jetta à mes genoux, me baiſa la main, & me fit mille innocentes careſſes ; je rougis encore de la complaiſance que j'eus à les ſouffrir, j'y prenois un lâche plaiſir. Ah ! ma chere mere, pourquoi me laiſſiez-vous ſeule ? & d'où vient ne prévoiyez-vous pas qu'il ne faut qu'un moment pour triompher de la foible raiſon d'une jeune perſonne?

Cependant, il étoit tard, la boutique n'étoit pas fermée, je m'en ſouvins; je voulus prendre congé de jeune Cavalier, & l'obliger à ſe retirer: l'ingrat marquoit tant de douleur, & il la peignoit ſi naturellement, que j'en fus touchée; je ne pus lui refuſer un quart d'heure, il en ſeroit mort, diſoit-il; malheureuſe complaiſance, & qu'une fille ne doit jamais avoir! il en profita pour redoubler les marques de ſon amour; ſa voix étoit baſſe, ſes expreſſions animées, & ſes yeux portoient une telle langueur, qu'ils la communiquerent à mon ame troublée: vous m'aimez; helas, Monſieur, lui diſois-je! je n'ai pû m'empêcher de vous avouër que vous étiez le ſeul homme dont j'ai ſouffert ce langage; ne me repentirai-je point

point un jour de l'aveu que je vous fais? Selon toutes les apparences, vous êtes au-dessus de moi: que dois-je attendre de cette tendresse reciproque, & que vous servira d'avoir triomphé de mes sentimens? Ah! laissez-moi, je me reproche déja de vous avoir trop écouté. Eh! pourquoi? reprit-il avec tristesse: est-ce que vous me croyez capable d'abuser de vos bontez? Que je suis malheureux d'être si peu connu de vous! Non, belle Marianne, je me donnerois plûtôt la mort, si je me croyois assez lâche pour vous tromper; ma tendresse pour vous sera éternelle, & je vous préfere à ce qu'il y a de plus relevé: ma condition n'est pas si éloignée de la vôtre que vous pensez; je sers M. le Comte de...... dans une qualité à faire, il est vrai, fortune; elle n'est pas éloignée, & telle qu'elle eſt je ſuis prêt à la partager avec vous. Ces ſentimens me raſſurent; une fille ne peut s'éfaroucher de l'amour, lorſqu'il eſt fondé ſur l'eſtime & ſur la vertu; la declaration la plus parfaite eſt celle qui eſt faite par l'hymen; mais, qu'il eſt aujourd'hui delicat d'y faire trop d'attention! Combien de malheureux ſe ſervent de ce prétexte honorable, pour ſéduire de jeunes perſonnes! c'eſt l'écueil où échoue tous les jours leur innocence.

Nous nous quittâmes à regret, & cette premiere vûe l'aſſura de ma part d'une conſtance éternelle: je fus me coucher remplie de toutes ces choſes, & je m'endormis avec un plaiſir & une douceur que je n'avois pas encore reſſentie.

Pardonnez, ma bonne, me dit

cette

cette chere enfant, si j'ai conduit cette intrigue pendant six mois avec tant de secret; mon amant me faisoit entendre, qu'il n'étoit pas encore tems de vous le déclarer, que ses affaires alloient finir, & qu'il ne vouloit pas que je lui dérobasse le plaisir de vous apprendre lui-même ses sentimens. Les raisons qu'il me donnoit étoient si bonnes (ou du moins me paroissoient telles) que j'étois la premiere à lui fournir les occasions de me voir, & à vous en celer la connoissance.

J'attendois tranquillement le moment heureux, qui devoit couronner un amour si tendre; j'avois une confiance parfaite en sa probité; vaine confiance! en doit-on attendre de la part des hommes?

Mon amant vint un soir me trouver à dix heures: Belle Marianne, me dit-il, il faut que je parte, j'ai une notion cruelle que cette absence me causera la mort; tranquilisez mon cœur allarmé ; oui, me dit-il, en se jettant à mes genoux, & en arrosant mes mains de ses larmes, je suis le plus malheureux des hommes, si vous me refusez la grace que j'attends de vous: ma retenue, mon respect, me fait souffrir depuis six mois ce qu'il y a de plus rigoureux ; me laisserez-vous partir, sans assurer mon bonheur ! Ou donnez-moi la mort dans l'instant, ou promettez-moi de me rendre heureux. Je vous ai déja dit, repris-je, touchée de l'état où je le voyois, que je vous aimois plus que ma vie; mais, cher amant, qu'osez-vous demander? Ah ? Marianne, reprit-il vivement, si je vous aimois moins, j'aurois moins de desirs! C'est vous seul que

que vous aimez, lui dis-je? c'est votre satisfaction, sans considerer que la perte de tout ce que j'ai de plus cher au monde y est attaché ; mon honneur, ma réputation, & mon repos. Ah ! que me dites-vous? s'écria-t'il, en levant les yeux au Ciel : à qui ces choses sont-elles plus cheres qu'à moi? Me connoissez-vous bien, & pouvez-vous me tenir un tel langage? Non, Marianne, vous ne me croyez pas capable d'un pareil attentat : votre cœur depuis long-tems s'est déclaré pour moi, & je ne veux point d'autre garant de mes intentions; c'est votre main que je vous demande, Marianne; il faut me la donner demain, ou je jure par tout ce qu'il y a de plus sacré que vous me perdrez à jamais.

Ce serment me fit trembler : qu'on est foible quand on aime! je je ſoupirai, il me preſſa, & enfin il me fit conſentir à l'épouſer en ſecret : ſes raiſons étoient preſſantes; ſa fortune étoit perdue, diſoit-il, ſi ſon maître apprenoit qu'il voulût ſe marier; ſon conſentement étoit trop long à obtenir : commençons par-là, ajouta-t'il, je ferai mes affaires; & s'il apprend que je ſois uni à vous, je ſerai du moins en état de vous ſoutenir, & de me paſſer de ſa protection.

Souvenez-vous, ma mere, qu'un jour je vous demandai la permiſſion d'aller voir une de mes tantes qui demeure à trois lieues d'ici; ſous le prétexte de ce voyage, nous divions nous aller marier; tout étoit prêt, nous nous quittâmes dans cet eſpoir : jamais je ne l'avois tant aimé, jamais je ne lui en avois tant donné de marques. On Ciel! quel chan-

changement ! le hazard, un moment après, me fit découvrir la plus noire des perfidies.

Pendant que mon amant sortoit de la boutique, il entra deux jeunes gens magnifiquement mis : l'un dit a l'autre, n'est-ce pas-là le Marquis de..... qui vient de passer ? Oui, reprit le second, parlez bas, il m'a serré la main comme je voulois l'embrasser : il y du mistere là-dessous, & je le crois amoureux de la belle Marianne. Je n'entendis pas plutôt ce discours, que je m'approchai de la choison du cabinet, qui donnoit dans la boutique, & qui avoit servi jusques-là à nos rendez-vous : je pouvois de-là aisément entendre tout, j'ordonnai à la servante de dire que j'étois couchée, si on me demandoit ; elle fut les servir, & je me plaçai si avantageusement,

ment, que je ne perdis pas un mot de leur converſation.

Je le croirois aſſez, continuoit un des Cavaliers qui répondoit ſans doute à quelque propos commencé; mais, Marianne eſt ſage, & j'ai bien de la peine à croire qu'elle l'ait rendu heureux. Bon! reprit l'autre, és-tu dans l'erreur, que la Griſette réſiſte au Seigneur? de vingt filles de cette ſorte n'en tombe-t'il pas dix-neuf dans nos filets? Tu és joliment la dupe de ta bonne-foi, & je ne te comprens pas! Tu riras tant que tu voudras, reprit le premier: je te paſſe ce que tu dis pour celles de cet étage; mais, pour celle-ci, je ſçais, à n'en pouvoir douter, qu'elle eſt ſage: un homme de conſéquence a voulu lui faire des preſens conſiderables, lui aſſignoit même un fond; tout cela n'a rien fait. Je te crois, reprit celui qui me connoissoit si peu; mais, pense-tu qu'elle résisteroit à un homme de notre sorte, qui voudroit l'épouser? Comment se préserver de ce piége? Tu ignores sans doute, que le Marquis joue des ressorts si puissans, pour mettre une avanture à bout, qu'il n'en manque pas une; il les épouse sous des noms empruntez: que sçavons-nous si celle, dont nous parlons, n'est pas dans le même cas?

Jugez, chere mere, de ma surprise, & de ma rage! Ah! le scelerat, m'écriai-je, sans faire attention au lieu où j'étois. Nous sommes écoutez, s'écria l'un des Cavaliers, & c'est de Marianne: j'en suis au desespoir, dit l'autre; il faut engager cette fille à se taire: en disant ces paroles, ils entrerent dans le cabinet, où ils me trouverent toute en pleurs.

Ils

Ils firent tous leurs efforts pour me consoler : à peine osois-je lever les yeux, il sembloit que ce que j'avois appris me rendoit criminelle; ils me presserent de leur dire où j'en étois avec le Marquis : ils paroissoient si honnêtes gens, & je leur avois tant d'obligation de m'avoir ouvert les yeux, que je leur fis le détail de mon Avanture; ils feignirent de la croire : je me sers de ce terme, parce qu'en me quittant ils dirent entr'eux, qu'ils n'en étoient pas la dupe. Ils me firent promettre, avant que de sortir, de ne point déclarer par quel moyen j'avois été informée; je le leur tins, & je fus me jetter dans mon lit dans une désolation que je ne suis pas capable devous exprimer : je passai la nuit en faisant mille projets pour ne me point trouver au rendez-vous;

l'amour combattit vainement pour mon perfide Amant: je pris le parti de ne jamais le revoir; mais, que cette victoire coûta cher à mon cœur! je n'ai jamais pû en déraciner l'image, elle s'y eſt toujours maintenuë avec empire. La violence des combats que je rendis cette nuit me fut ſi contraire, que j'en tombai malade.

La Servante avoit été gagnée par cet homme perfide: elle m'apporta de ſa part le lendemain une Lettre; que je renvoyai ſans l'ouvrir; je la regardai comme un nouvel attentat, & je lui fis dire de me laiſſer en repos. Il m'écrivit une ſeconde fois; j'en fis autant que de la premiere: ce ſcelerat, connoiſſant l'inutilité de cette entrepriſe, me fit dire par la Servante, qu'il avoit des choſes de conſéquence a m'appendre, qu'elles qu'elles étoient en ma faveur, & qu'il me prioit que je ne le condamnasse pas sans qu'il fût entendu. L'insolence de cette fille, que j'avois déja grondée pour ces premiers messages, fut cause de la priere que je fis vous de la mettre dehors sous d'autres prétextes, dont vous vous souvenez sans doute aisément.

Peu de jours après, je fus d'une surprise extrême, en me reveillant, de voir ce perfide Amant au chevet de mon lit; il étoit à genoux, & il avoit surpris une de mes mains, qu'il moüilloit de ses larmes criminelles : je la retirai avec une émotion infinie, & qui ne lui fit que trop connoître l'empire qu'il conservoit encore sur mon cœur.

Enfin, belle Marianne, me dit-il avec l'air du monde le plus touchant, vous ne m'aimez plus, vous

vous refusez de me voir & de m'entendre, vous éloignez ceux qui peuvent être les interpretes de ma fidélité. Oh Ciel! se peut-il qu'avec tant de beauté on soit si injuste! quel est mon crime? d'avoir caché mon nom? Eh bien, je suis le Marquis de... il est vrai, je ne m'en serois pas défendu. Qu'on est malheureux, lorsqu'on a plus de sentiment & de délicatesse que le reste des hommes; ce sont eux qui font aujourd'hui ma disgrace; ils me font perdre le cœur & l'estime de tout ce que j'ai de plus cher au monde: qui devroit se plaindre, de Marianne, ou de moi? Que n'accomplissoit-elle sa parole? que ne se trouvoit-elle au rendez-vous? elle auroit connu alors qui, du Marquis de..., ou de son Secretaire, lui auroit donné la main. Ah! Marianne, pourquoi m'avez-vous dérobé bé le plaiſir délicat de vous ſurprendre, & vous preſenter de ma main un époux digne de vous? plaiſir délicieux, que je me faiſois, de me faire aimer par rapport à moi-même, craignant ce qui n'arrive que trop tous les jours, qu'on vous préfere en faveur du rang & des richeſſes! Voilà quels ſont mes crimes: prononcez après cela, je n'ai plus rien à vous dire, il falloit me juſtifier, je l'ai fait, je ſuis prêt à périr, je ne veux pas ſurvivre au malheur extrême d'avoir été ſoupçonné.

Qu'on eſt foible, quand on aime! Ce diſcours me toucha; il étoit ſpécieux, & mon cœur prévenu prenoit lui-même la défenſe du traître. La raiſon prit la mienne, je ne pus oublier ce fatal diſcours des jeunes gens: quel interêt auroient-ils eu de les tenir? ils n'én'étoient ni ſes rivaux ni ſes ennemis; cette derniere réflexion l'emporta, je ne voulus plus rien entendre: l'ingrat fit des extravagances ſans nombre; il voulut ſe tuer, je tremblai mille fois pour ſes jours; quelque fourbe que je l'imaginaſſe, je n'étois pas la maîtreſſe de mes frayeurs: l'on entra heureuſement dans ma chambre, il fut obligé de ſe retirer; &, connoiſſant ſans doute que je ne ſerois jamais la dupe de ſes fauſſetez, il m'a délivrée pour toujours de ſa preſence.

Dès qu'il fut parti, je me reprochai ma rigueur; l'excuſe dont il avoit paré ſon crime me revenoit alors: que je ſerois malheureuſe, me diſois-je, ſi je l'avois condamné injuſtement! peut-être qu'il m'aime, peut-être qu'il dit vrai-me diſois-je: attendez, cher Amant, je vais éclaircir mes doutes affreux. J'imaginai mille moyens pour percer cet interessant mystere! helas: l'avis n'étoit que trop certain! le hazard me fit connoître une des filles qu'il avoit trompées; elle ne me prouva que trop que j'avois donné mon cœur à un scélérat: je rougis vingt fois du peril que j'avois couru, mais je ne l'en aimai pas moins: je continuai à souffrir tout ce qu'il y a de plus cruel. Cépendant, le tems auroit dissipé ces chagrins; mais, il y a aujourd'hui huit jours, qu'un nouveau trait de sa part m'a donne le coup de la mort.

Un homme de fort bonne mine vint dans ce tems me trouver dans ma chambre; il me demanda si je n'étois pas Marianne? Après l'avoir satisfait, je voudrois pour toutes choses au monde, m'a-t'il dit, qu'un autre fût chargé de ma commission: vous prévenez du premier coup d'œil en

votre

votre faveur. M. le Marquis de .... épouse demain Mademoiselle de .... Cette Demoiselle a été informée de plusieurs intrigues de son prétendu; quelqu'un lui a appris qu'il avoit eu un commerce reglé avec vous, & même qu'il vous avoit épousée en secret: cela fait une difficulté au mariage; elle ne veut pas passer outre qu'elle n'en soit entiérement éclaircie: elle doit envoyer vous parler; c'est votre réponse, qui consommera, ou qui fera la rupture, cet hymen. La Demoiselle ne s'en tient point au serment que lui a fait le Marquis de ne vous avoir jamais connue: elle lui a signifié, que s'il étoit vrai qu'il vous eût trompée, comme on l'en avoit assuré, qu'elle ne vouloit point absolument de lui pour époux. Le Marquis l'adore, il tremble, & il m'envoye ici, Mademoiselle, pour vous assurer que si vous lui faites aucun tort dans cette affaire, & que si vous ne vous reglez pas sur ce que je viens de vous dire, qu'il vous fera mettre en lieu où vous aurez tout le tems de vous en repentir, & que.... Allez, Monsieur, allez, iterrompis-je, indignée d'une pareille menace; dites à celui qui vous charge de cette honorable commission, que je ne fais pas assez de cas de lui, pour m'interesser au point de nuire à ses nouveaux engagemens; mais, que je ne croyois pas, qu'il dût ajoûter à toutes les fourberies dont je suis que trop instruite, la honte de menacer une fille dont il a voulu faire sa femme. En achevant ces paroles, je tournai le dos à cet homme, qui sortit très-interdit de ma fierté & de mes sentimens.

Mais, vâine fierté, inutiles dehors! je fus déchirée de mille re-

regrets ; je reſſentis alors toute la violence de mon amour ; je perdois mon Amant pour jamais : non ſeulement il ne m'aimoit plus, il me ſacrifioit à une autre, mais encore il m'outrageoit par les menaces les plus indignes. Voilà, ma chere mere, le ſujet qui me dévore, & qui m'a reduite au point où vous me voyez : il n'y a plus de joye dans le monde pour moi ; le Marquis eſt marié, tout eſt fini.

Ses pleurs terminerent la fin de cette malheureuſe Hiſtoire. Je voulus la conſoler, & la rapeller à la vie ; ſa maladie empira de plus en plus : enfin, dix jours après, elle me tint ce diſcours, avec une fermeté digne d'admiration, pendant que je la tenois dans mes bras, & que je fondois en larmes.

Le tems eſt arrivé, me dit-elle, qu'il faut que je vous quitte ; je me ſens, je n'irai pas loin : conſolez-vous, ma chere maman, & ne m'abattez point par votre triſteſſe ? la nature pâtit dans ces derniers momens, ne l'accablez point par les ſentimens de votre tendreſſe : ſi vous m'aimez, épargnez-m'en les marques, elles ébranlent cette fermeté dont j'ai plus de beſoin que jamais. Recourez à Dieu, priez-le pour moi, j'eſpere en ſa miſéricorde ; remerciez-le de la grace qu'il m'a faite de conſerver mon innocence au milieu des dangers qu'elle a couru : quelle conſolation ! J'emporterai du moins ce tréſor dans l'autre vie. Au nom de ce Dieu tout-puiſſant, laiſſez-moi ces momens précieux qu'il veut bien encore m'accorder, afin que je les occupe entiérement du ſoin de mon ſalut ; recevez ce dernier baiſer, pardonnez au chagrin que je vous donne : adieu, ma chere mere, laiſſez-moi, vous m'attendriſſez trop...

trop... En finissant ces, mots elle tourna la tête de l'autre côte; rien ne put la distraire: elle termina ses jours comme elle avoit vécu, & elle mourut dans les sentimens les plus consolans pour moi: à la fin, j'en ai fait un sacrifice à Dieu; mais, hélas, qu'il m'a coûté, & qu'il me coûte encore tous les jours!

La mere de Marianne finit par un torrent de pleurs cette triste Histoire; j'en fus extrémement touchée, & mes larmes furent sinceres. Le penchant qu'elle avoit pour moi redoubla à ces marques de mon bon cœur, & elle me le témoigna dans des termes que la bonne-foi dictoit; les réfléxions vinrent après, & elles me fortifierent de plus en plus dans le chemin de la vertu: il sembloit même, que ce Récit étoit fait exprès pour me servir de préservatif contre les dangers qu'alloit à Pairs courir mon innocence.

Nous arrivâmes cependant à Valvin, nous y trouvâmes la voiture dont il a été parlé; on fit prix avec celui qui la conduisoit pour ma place: nous nous embrassâmes la mere de Marianne & moi avec une tendresse réciproque, & nous nous promîmes de nous donner souvent de nos nouvelles.

Dès que je me vis seule sur cette voiture, je m'abandonnai aux réfléxions les plus tristes. O Ciel, me disois-je, que fais-je! que vais-je devenir? que va-t'on penser de moi? que dira ma mere? Quoi! je la quitte, cette tendre mere, qui gémit actuellement de mon absence! Non, non, je n'irai pas plus loin, m'écriai-je en pleurant; il vaut mieux se livrer à la honte que je crains, que de m'exposer de nouveau aux dangers dont j'ai si heureusement écha-

échapé. „Oüi, chere mere, si je ne vous eusse pas quittée, si jamais je ne me fusse éloignée de vos yeux, je ne me trouverois pas aujourd'hui dans tous ces embarras.

Cette idée me frappa, je pris le parti de retourner au hameau, & d'exposer plûtôt ma vanité à souffrir tout ce qu'il y a de plus humiliant, que de manquer, à un tel point, à ce que je devois à mes proches. J'allois appeller le Voiturier pour me mettre à terre, je me disposois déja à descendre, lorsque je vis venir un homme après nous au grand galop; je me sentis émûë : quelle fut ma surprise, lorsqu'étant à portée de distinguer ses traits, je le reconnus pour le Chevalier d'Elbieux! Je fremis depuis les pieds jusqu'à la tête, & je me cachai sous une couverture qu'on m'avoit donnée pour me préserver de la pluie;

je fus plus d'une heure sans oser me remuer : enfin, l'impatience me prit, l'incertitude étoit trop cruelle : je soulevai un des coins de cette couverture. O Ciel ! le Chevalier suivoit la charrette, & il ne la perdoit point de vûë ; il avoit liê conversation avec celui qui la conduisoit. Quelles furent mes inquiétudes ! quel parti prendre dans cette extrémité ! J'étois trop prévenu de sa violénce, pour ne pas tout craindre de sa fureur. Par quel hazard se trouvoit-il dans ce lieu ? qui l'y avoit conduit ? A quoi ne devois-je pas m'attendre, s'il sçavoit que je fusse si près de lui ?

Je fus bientôt informé de ce cruel mystere ; un second Cavalier vint à toute bride joindre le Chevalier. Je n'ai pas été plus heureux que vous, s'écria-t'il du plus loin qu'il le vit : on n'a aucunes nouvelles de ce que nous cher-

cherchons. M. d'Elibieux mit le doigt ſur la bouche, & fit ſigne à celui qui arrivoit en montrant la voiture. Ce geſte étoit expreſſif, il me dénotoit ſans aucun doute; qu'on juge de mes allarmes. Un moment après, ces Cavaliers ſe joignirent. Paix, dit le Chevalier à l'autre d'une voix baſſe: la proye eſt dans mes filets, elle ne m'échapera pas pour le coup; je ne ſçai quelle eſt ſa défiance, elle s'eſt cachée, comme tu vois. Un détour qu'ils furent obligez de faire, m'empêcha d'entendre le reſte. Dieu m'inſpira, & je fus aſſez heureuſe d'imaginer un moyen aſſuré d'échaper: le Ciel eſt toujours protecteur de l'innocence.

Une demie-heure après cette fatale rencontre, nous rentrâmes dans le bois; je tremblai, je me ſouvins du peril que j'y avois déja couru; le chemin étoit extrémement difficile en cet endroit, les ornieres gâtées le rendoient dangereux pour les chevaux; les Cavaliers furent obligez de prendre un sentier, & cette traverse mettoit un intervale de bois considérable entr'eux & la charrette: je profitai de ce moment, la voiture alloit doucement, je craignois que le Voiturier ne fût gagné, & je voulois m'enfuir sans son secours; de grosses branches se trouvoient à chaque instant à la portée de ma main, je me dégage, j'en saisis une, je m'y attache, la voiture fuit sous moi, je monte sur l'arbre; il étoit touffu; je m'y chache, dans l'intention d'y rester jusqu'à ce qu'un tems considerable eût assuré ma fuite; le chemin étoit droit, & du lieu où j'étois je pouvois porter mes regards très loin.

Je ne fus pas long-tems sans connoître combien j'avois eu rai-

raiſon de profiter de l'occaſion que le Ciel m'avoit donnée ; je revis la voiture & les Cavaliers qui l'avoient rejointe ; le Chartier l'abandonna, & quitta ſans doute le chemin à deſſein ; les Cavaliers mirent pied à terre : l'un d'eux, que je ne pus diſtinguer, monta ſur la voiture, il leve la couverte, marque la ſurpriſe où il eſt de ne m'y pas trouver, en regardant de tous les côtez ; il ſaute à bas, & l'un & l'autre remontent avec empreſſement à cheval ; ils ſemblent ſe parler, & puis ils ſe ſéparent en prenant des routes oppoſées.

Je fis une ferme réſolution de ne point ſortir de l'endroit où j'étrois, que je ne fuſſe bien certaine de ne pas retomber entre leurs mains. Environ deux heures étoient paſſées, je ne voyois plus rien, & je commençois à me raſſurer, lorſque j'entendis une voix qui difoit, il eft inutile de la chercher fi loin, il n'eft pas poffible qu'elle ait tant fait de chemin, il faut qu'elle fe foit cachée quelque part; faifons le guet dans ces environs, il me femble que c'eft à peu près l'endroit où elle nous eft échapée: tenez-vous à l'angle de ces chemin qui fe croifent, & moi je refterai fur cette hauteur d'où je puis découvrir d'affez loin: cet avis me fut profitable; j'aurois rifqué de defcendre de ma place, & je n'aurois pas manqué d'être ratrapée.

Les ombres de la Forêt annonçoient la nuit prochaine, le Soleil étoit déja couché, & je fouffrois tout ce qu'on peut fouffrir dans une fituation auffi incommode; à peine pouvois-je me foûtenir; ma patience étoit à bout, lorfqu'il paffa une chaife que deux Cavaliers efcortoient; une Dame & une petite fille la rempliffoient plissoient : dès que je l'apperçus je resolus de risquer à descendre, & de profiter de cette occasion pour m'arracher au péril qui me menaçoit ; je fus assez malheureuse, en tentant ce dessein, d'accrocher le haut de ma robe à une branche, les pieds me manquerent, & je me trouvai suspenduë à cet arbre : la frayeur que j'eus de me tuer me fit jetter des cris : ces Cavaliers, qui suivoient la chaise, & qui se trouverent dans ce moment près de moi, accoururent, & me trouvant ainsi, me dégagerent, & me mirent à bas. Eh bon Dieu ! belle enfant, me dit l'un d'eux, à quoi vous risquez-vous ? Il faut bien aimer les oiseaux, pour les dénicher à ce prix. Je n'eus pas le tems de répondre ; le Chevalier d'Elbieux, qui m'avoit entendu, se pressoit d'arriver : je courus vivement à la chaise qui s'étoit arrêtée à mes cla-

clameurs. Au nom de Dieu, Madame, m'écriai-je du plus loin que je la vis, daignez me proteger; un ſcelerat pourſuit mon innocence: la Dame me conſideroit avec beaucoup d'attention pendant ce diſcours: quoique vêtuë en Payſanne, mon ajuſtement étoit ſi diſtingué, & j'avois l'air ſi délicat, qu'elle s'intéreſſa d'abord pour moi. Volontiers, me dit-elle, ma chere enfant: qu'on la faſſe monter, continua-t'elle ce ſeroit dommage qu'il lui arrivât quelque choſe: elle eut la bonté de me faire place; la petite Demoiſelle fut miſe ſur mes genoux; je me trouvai toute raſſurée, & nous continuâmes notre chemin.

Dès que je fut placée, elle me demanda qui j'étois, & le ſujet de mes craintes: je lui fis avec ſincerité mon Hiſtoire, à l'exception de l'inclination que j'avois pour

le

le Marquis : elle parut y faire une ſinguiliere attention. Voilà qui eſt bien horrible, s'écria-t'elle, lorſque j'eus fini ; & cela prouve combien il eſt dangereux de ſe trouver avec les hommes, & de plaire à ceux qui n'ont pns de probité : jamais les meres ne devroient s'éloigner de leurs filles, & jamais une fille bien née ne devroit faire un pas ſans ſa mere. Cependant, mon enfant, ne craignez rien de votre Chevalier : je ne le crois pas aſſez hardi pour venir vous inſulter en ma préſence. J'ai mes gens avec moi, qui ne le ſouffriroient pas ; je connois votre Mareine, je lui en écrirai, & je ferai laver la tête à ſon fils. Comme elle achevoit ces mots, je vis paroître un Cavalier qui cotoyoit la chaiſe, & qui nous conſideroit avec attention. Ah ! Madame, lui dis-je en baiſſant la voix, le voilà, le voilà :
raſ-

rassurez-vous, me dit-elle; je vous garantis qu'il s'éloignera bientôt.

Chevalier d'Elbieux, s'écria-t-elle en élevant la voix; approchez, j'ai un mot à vous dire: je suis fort des amies de Madame votre mere; &, comme telle, je suis bien aise de vous donner quelques conseils. Il n'eut pas plûtôt entendu ces paroles, qu'il baissa la main, donna des deux, & l'éloigna au grand galop.

Eh bien, Jeannette, ne vous l'avois-je pas dit continua la Dame avec qui j'étois. Nous en voilà délivrées: soyez tranquile du reste; vous resterez chez moi jusqu'à ce que j'aye écrit à votre Mareine: sa réponse décidera de ce qu'on fera de vous.

Je louai Dieu de la rencontre heureuse que j'avois faite. Ma protectrice avoit environ quarante ans, elle étoit encore belle & paroissoit d'une bonté sans égale;

le ; je fis mes efforts pour lui plaire pendant la route, par tous les petits ſoins que je pus imaginer pour lui rendre ſervice : ils réüſſirent aſſez bien ; & je n'étois déja point mal dans ſon eſprit, lorſque j'arrivai à Paris.

La maiſon où nous deſcendîmes étoit bien étoffée : c'étoit la ſienne, & j'appris bientôt qu'elle s'appelloit Madame de G... ſon mari étoit Receveur des Finances : tout étoit ſuperbe, le nombre des Domeſtiques prouvoit leur opulence. Madame avoit trois femmes de chambre, & une Gouvernante pour Mademoiſelle ſa fille âgée de dix ans.

Monſieur avoit un train moins conſiderable, il étoit fort uni dans ſes ajuſtemens, très-économe pour la dépenſe de la maiſon, mais généreux au de-là de tout ce qu'on peut dire pour ſes plaiſirs ſecrets.

Je lui fus presentée en arrivant: il ne parut pas être fort touché de ce que Madame lui dit en ma faveur. Voila qui est bien, dit-il, comment vous êtes-vous portée dans votre campagne? & puis il rentra dans sons cabinet sans attendre sa réponse, en me jettant cependant un coup d'œil, qui ne me parut pas d'une sécheresse aussi grande que sa conversation.

Ce Financier avoit cinquante ou cinquante-cinq ans; il étoit bien fait, & d'une physionomie revenante: j'appris dans la suite, qu'il étoit fort riche, & qu'il aimoit les femmes; mais, qu'il conduisoit si bien ses, intrigues, qu'on n'en avoit jamais aucune connoissance: chacun a sa manie; la sienne étoit de passer dans le monde pour un homme au-dessus de ses foiblesses.

Madame avoit écrit à ma Mareine

reine en arrivant; je m'attachois de plus en plus à elle: elle paroiſſoit m'aimer tendrement. Mademoiſelle avoit des Maîtres d'écriture & de muſique; cette Dame eut la bonté d'ordonner que j'en profitaſſe: j'avois le ſon de voix joli, & dans peu de tems il ſe fit admirer. Pour l'écriture, je fus bientôt au point d'écrire & de recevoir des Lettres: j'en eus une ſecrete joye; car, depuis que j'étois en ſûreté, mes reſolutions de ne plus aimer le Marquis ſe banniſſoient peu à peu de mon eſprit.

Un matin, que j'étudois dans une petite chambre qu'on m'avoit donnée, une Laquais de Madame entra, qui me dit qu'elle me demandoit; j'y courus: aſſoyez-vous, Jeannette, me dit-elle, je viens de recevoir des Lettres qui vous regardent, & je veux vous les communiquer.

Elle

Elle me dit ces mots d'un sérieux qui me glaça, & je l'écoutai en tremblant.

Celle-ci, continua-t'elle, est de votre Mareine : elle me dit assez de bien de vous ; mais, elle m'apprend des choses qu'il faut que vous ignoriez : vous avez le cœur tendre, & il ne faut pas réveiller vos idées.

Il n'en fallut pas davantage pour irriter ma curiosité ; je la dissimulai, bien résoluë de m'emparer de cette Lettre, & de sçavoir de quoi il étoit question.

Pour celle-ci, continua-t'elle, elle est de ma Filleule, qui pense bien différemment du Chevalier d'Elbieux son frere sur votre compte : elle me mande de bien prendre garde à vous, que la tendresse qu'elle a pour moi l'oblige à me donner cet avis. Mademoiselle d'Elbieux dit que vous êtes dissimulée, remplie de vanité

nité, & dangereuſe; que vous aviez penſé être la cauſe de grands malheurs; que par vos afféteries vous vous étiez fait aimer du Marquis de L. V.; qu'il s'étoit battu à votre ſujet; & enfin qu'elle craint bien que votre ſéjour chez moi ne me faſſe repentir trop tard de vous y avoir donné entrée; que le Marquis de L. V., pere du bleſſé, étoit extrémement en colere contre vous, ayant appris que vous étiez la cauſe du danger que couroit M. ſon fils, qui auroit bien de la peine à revenir de ſa bleſſure.

Je tâchai de prendre ſur moi, pour étouffer le dépit que me cauſa cette Lettre, & la douleur que je reſſentis de la ſituation où l'on mandoit qu'étoit mon Amant: malgré mes efforts, les larmes ſe firent paſſage; j'eus beau les cacher, Madame s'en apperçut.

Vos yeux ſont moüillés, Jeannette,

nette, continua-t'elle, en me regardant fixement : cela me prouve une partie de cette Lettre ; pour l'autre, je n'y ajoûte aucune foi, il y a trop de paſſion, & je vois bien que vous n'avez pas plû à ma Filleule : cela me ſurprend, car vous m'avez paru juſqu'ici fort douce, & je ne vous reconnois point au portrait qu'elle me faite de vous, à moins que vous ne ſoyez la plus diſſimulée de toutes les créatures.

Ces derniers mots me firent pleurer amérement. Remettez-vous, dit-elle : je ne vous ai point fait appeller, pour vous donner du chagrin ; ſoyez ſage, & j'aurai ſoin de vous.

A propos, me dit-elle, en me rappellant, votre pere & votre mere vous redemandent : je vous laiſſe la maîtreſſe d'y retourner ou de reſter chez moi. Ah ! Madame, m'écriai-je, quelque tendreſſe

dresse que j'aye pour eux.. C'est-à-dire, interrompit cette charmante Dame, que vous avez vos raisons pour ne pas répondre à leurs empressemens : allez, vous demeurerez ici.

Je me retirai pénétrée de ses bontez. En sortant de l'appartement de Madame, je rencontrai Monsieur qui y entroit. Qu'avez-vous, belle enfant ? me dit-il, en m'arrêtant : vous a-t'on grondée ? J'en sçai bien mauvais gré à ma femme ; car, je ne crois pas, hors elle, que personne ici soit assez hardi pour avoir de mauvaises façons pour vous. Consolez-vous, j'y mettrai ordre : il y a déja du tems que je songe à vous rendre heureuse. Je vous suis bien obligée, repris-je, Monsieur : je le suis trop de ce que Madame veut bien me souffrir ; & je n'ai qu'à me loüer de ses bontez. Oh ! oh ! cela ne paroit pas trop cependant ;

dant; & vous n'avez pas versé des larmes pour rien : une autre fois, j'en sçaurai davantage ; le lieu n'est pas commode ; adieu: en me disant ces mots, il me serra la main, & il passa chez Madame.

Je n'étois plus assez niaise, pour ignorer la portée de ce qu'on me disoit : je compris fort bien, que j'avois plû à Monsieur ; j'en soupirai, & je craignis que ce goût ne fût encore une nouvel obstacle à ma tranquilité.

Je rentrai dans ma chambre remplie de toutes ces choses, & pénétré de ressentiment contre Mademoiselle d'Elbieux. Je rêvai aux moyens d'avoir la Lettre qu'on ne m'avoit pas lûë : il y étoit parlé du Marquis ; cela seul étoit suffisant, pour me donner cette envie. Madame avoit serré ces Lettres dans un tiroir ; je guettai plusieurs fois le moment où je pourrois m'en saisir. Le

Le Dimanche ſuivant, je profitai du tems qu'elle étoit à la Meſſe; l'heure l'avoit preſſée, & lui avoit fait oublier ſes clefs: j'ouvris le tiroir, & je trouvai les Lettres, je les emportai dans ma chambre, & je les lûs avec précipitation. La premiere étoit de Mademoiſelle d'Elbieux: quelqu'interêt que j'y dûſſe prendre, je la paſſai legerement: celle de ma Mareine me tenoit bien plus au cœur.

Je la relus pluſieurs fois: elle parloit de moi dans des termes favorables; excepté qu'elle ſoupçonnoit qu'il y avoit eu de l'intelligence entre le Marquis & moi. Elle marquoit, que ſon fils l'avoit dangereuſement bleſſé d'un coup de piſtolet; qu'on avoit tourné dans la Province cette affaire différemment; mais, qu'elle en avoit apris toutes les circonſtances par une vieille fille, qu'elle avoit chargée du ſoin de mon éducation ; que, malgré le ſilence que gardoit le Marquis ſur la cauſe de ſon affaire, il etoit aiſé de connoître par les inquiétudes dont il étoit agité, ſur ce qu'il ne ſçavoit ce que j'étois devenue, que ſa paſſion étoit violente pour moi ; qu'elle s'étoit crue obligée d'en avertir Mr. ſon pere, qui étoit fort de ſes amis, afin qu'en cas que ſon fils réchapât, il prévint de bonne heure les ſuites de cet engagement ; d'autant plus ſerieux, que je lui paroiſſois ſage, & qu'elle connoiſſoit d'ailleurs la probité de mon Amant.

La Lettre finiſſoit par des conſeils de me renvoyer à mon pere ; que ma beauté pourroit devenir dans la ſuite dangereuſe ; que, cependant, ſi elle me retenoit, qu'elle lui conſeilloit en amie de tenir la main que je ne viſſe pas davantage le Marquis.

Je

Je plaignis l'état de ce cher Amant; mais, je ne desaprouvai point les leçons faites à mon sujet; je fis dessein même d'en profiter : cette Lettre m'ouvrit les yeux sur le peu de solidité d'une passion si disproportionnée. Je repliai les Lettres, & je fus les reporter précipitamment: un moment plus tard, j'étois prise sur le fait; car, M^{r}. entra comme j'allois sortir de l'appartement de Madame.

Ah! vous voilà, me dit-il. Eh bien, belle Jeannette, avez-vous encore du chagrin ? Le rouge m'étoit monté au visage par la frayeur que j'avois eu : j'étois interdite; & tout cela me rendoit apparemment aimable. Cet air hardi, qu'ont la plûpart des femmes, n'est pas toujours un pas certain pour plaire ; & j'ai apris dans la suite des hommes; que, quelque goût qu'ils ayent pour le sexe, ils

 sont

ſont bien plus flattés de la modeſtie & de la retenue, que de cet air prévenant & facile.

M. de G... me le prouva dans ce moment, en m'élevant, à ce qu'il paroiſſoit, au-deſſus de celles dont je viens de parler. Mais, dit-il, vous ne me repondez rien : eſt-ce que vous me craignez ? Vous avez tort : je ſuis plus de vos amis, que vous ne penſez. C'eſt moi, qui, ſans déclarer mon goût pour vous à Madame, l'ai engagée à vous tenir comme vous êtes. Effectivement, quelques jours après mon arrivée, l'on m'avoit donné une Robe de ſatin : les femmes de Madame m'avoient priſe en affection, elles m'enſeignoient à me mettre du bon air ; & je n'y réuſſiſſois pas mal : (les filles profitent aſſez vîte de ces leçons.) Si je n'avois pas eu quelques raiſons, continua M. de G... j'aurois pris ſoin moi-

moi-même de votre ajustement, & je vous aurois mise sur un bien meilleur ton ; mais, il faut se conformer au tems : il ne tiendra qu'à vous qu'il n'arrive bien-tôt. Qu'en dites-vous, Jeannette ? Voulez-vous être de mes amies ? Je ne demande pas mieux, Monsieur, répondis-je à la fin, sans connoître la force de cette expression. Ah ! voilà parler ! continua-t'il. Vous êtes aimable comme un cœur : sur ce pied, vous allez être heureuse comme la Reine. Adieu ; je crains que Madame ne rentre, & je ne voudrois pas pour toutes choses au monde qu'elle me surprît avec vous : elle est d'une jalousie extrême, & il n'en faudroit pas davantage pour lui mettre la puce à l'oreille. Soyez discrete, chere enfant, & gardez vous bien de souffler de ceci à personne. Je restai interdite de ce discours

Madame, qui rentra dans le moment, me surprit dans cet embarras. Que faisiez-vous ici, me dit-elle? Mr. en vient de sortir: que vous a-t'il dit? Vous êtes rêveuse; il y a quelque chose là dessous. Venez me compter tout cela: mon mari est galant; je parie qu'il vous aime, & qu'il vous l'a déclaré. Moi, Madame! repris-je. Ne me mentez pas, continua-t'elle, en se mettant dans son fauteuil: je ne suis point fâchée; mais, si vous me cachez quelque chose, je ne serai plus de vos pamies. Il ne sera pas difficile, repris-je, Madame, de vous satisfaire: il est vrai que Monsieur m'a témoigné des bontés; mais, n'y ai fait attention, que comme une suite de celles que vous avez pour moi. Fort bien, interrompit Madame; c'est-à-dire, qu'il vous aimera pour l'amour de moi. Mais, voyons ce qu'il vous a dit.

Je lui repetai alors mot pour mot son entretien ; & j'en restai à la proposition qu'il m'avoit faite d'être de mes amis : la réfléxion m'en avoit fait sentir la conséquence. Plus j'hesitai, & plus je donnai lieu à sa curiosité. Eh bien, que lui avez-vous répondu ? me dit Madame avec un grand serieux. Je repetai mes paroles : & qu'a-t'il ajouté ? continua-t'elle. Ah ! Madame, lui dis-je, c'est ce qui m'a surpris, & ce qui m'a fait voir, que je n'avois pas bien compris ce qu'il me disoit : je lui raportai alors le reste de ses discours, & elle se mit à rêver un moment.

Je pardonne à votre jeunesse votre réponse, me dit Madame : sçavez-vous, Jeannette, à quoi vous vous êtes engagée ? Apprenez, qu'en consequence des paroles que vous avez dites à Monsieur, qu'il va s'emparer de vous, que vous êtes à lui, & que si cela arrivoit, vous seriez perdue d'honneur & de réputation. Dieu m'en préserve, interrompis-je, allarmée de ce discours: je serois au desespoir d'avoir donné lieu à de pareilles choses. Je le crois, reprit Madame; & vous avez fort bien fait de me les avouër: vous vous seriez insensiblement liée, sans croire qu'il y eût du mal; &, lorsque vos yeux se seroient ouverts, vous n'auriez peut-être plus éte la maîtresse d'y remedier. Ainsi, Jeannette, tenez-vous dorénavant sur vos gardes, & ne dites ni ne faites jamais rien sans venir m'en avertir: vous devez être plus circonspecte qu'une autre, par les dangers que vous avez déja courus.

Les discours de cette Dame portoient trop bien avec eux le caractere de la verité, pour que je n'y fisse pas une serieuse atten-tion:

tion : les ſuites me prouvérent bien-tôt après, qu'elle avoit penſé juſte, & que j'étois trop heureuſe d'être guidée par une perſonne auſſi éclairée.

Deux jours après cette converſation, une des femmes de Madame, pour laquelle j'avois une eſtime infinie, vint me trouver le matin dans ma chambre. Comment! encore au lit, pareſſeuſe, me dit-elle; allons, levez-vous, & vous habillez: j'ai à ſortir, & il faut que vous veniez avec moi. Volontiers, repris-je, en me levant; ſi vous m'aviez prévenue la veille, vous m'auriez trouvée toute prête: le mal n'eſt pas bien grand, repliqua-t'elle, il eſt encore de bonne heure; mais, dépêchez-vous ſeulement.

Cette fille avoit au moins ſoixante ans; il y en avoit quarante, qu'elle étoit dans la maiſon, où on la conſideroit beaucaup : je m'y m'y étois fort attachée, parce que j'avois connu, lorſque j'y entrai qu'elle y étoit maîtreſſe, & que rien ne s'y faiſoit que par ſon ordre. Je l'aimois d'autant plus, que j'avois entendu un jour, qu'elle diſoit beaucoup de bien de moi à Madame, & que la voyant pancher à me renvoyer, elle l'avoit déterminée à me garder: j'avois toujours feint d'ignorer cette obligation, & je m'étois rendue attentive en cette conſidération à lui rendre tous les petits ſervices qui dépendoient de moi.

Nous ſortîmes enſemble en Fiacre, & nous deſcendîmes dans la rue Saint Honoré chez un Marchand de Soye : elle me demanda mon goût ſur des Damas à parterre, qu'elle s'étoit fait montrer; je le lui dis naturellement, & elle s'y arrêta. On aporta par ſon ordre quoi faire des

des

des robes d'Automne & de Printems : elle me pria encore de les choisir, & je le fis avec la même ingénuité.

Elle fit emplette de trois robes & d'un manteau de lit: nous fûmes ensuite chez une Lingere, où elle acheta une douzaine de chemises garnies en dentelle des plus belles, une autre douzaine d'unies, & beaucoup d'autres linges necessaires à une femme.

De-là nous passâmes au Palais: elle y fit emplette de coëffures, de palatines, de rubans, & d'autres ajustemens de cette nature.

Nous revînmes encore chez deux ou trois autres Marchands differens, où elle prit des bas, des gands, &c. ensuite, nous fûmes descendre à la butte S. Roch, dans un apartement, ni grand ni petit, mais magnifiquement meublé.

La grand fille dont j'ai parlé

 aporta

aporta du linge de table ; un laquais, que je reconnus qour être à Monſieur, parut : il mit un couvert fort propre, & puis il ſe retira.

J'ouvrois de grands yeux, & je ne ſçavois ce que tout cela vouloir dire : je n'avois garde de former aucun ſoupçon ; j'étois avec une perſonne reſpectable, & que je regardois comme une ſeconde Maîtreſſe : ma confiance aſſurément, étoit pardonnable.

Une demie-heure après, on frapa à la porte : le laquais, dont j'ai parlé, rentra avec une fille qui aportoit des paniers. La femme de chambre en choiſit un très-beau. Voyons, me dit-elle, en me le préſentant, s'il vous ſiera bien : je défis ma robe, on le mit ſur moi, & je trouvai que cela releve beaucoup les graces d'une femme ; je me regardai même avec complaiſance dans la glace, ce, où je ne me trouvai point mauſſade.

La femme de chambre s'aperçut de ma vanité. Vons avez raiſon de vous trouver bien, belle Jeannette, me dit-elle: vous êtes aimable; & je veux avoir la plaiſir de vous coëffer de ma façon. Je me prêtai à ſes deſirs, elle me friſa, me mit une des coëffures achetées, pour l'eſſayer, diſoit-elle; je fis beaucoup de difficulté pour le rouge: Vous êtes une enfant, s'écria-t'elle; ne voyez-vous pas bien que c'eſt pour rire? Il ne nous manque plus qu'une choſe, c'eſt de parer ces petites oreilles; nous y avons pourvû heureuſement. Elle tira ſa bourſe alors, qui me parut fort pleine, & elle en ſortit un papier dans lequel étoient des boucles de brillans ſuperbes. Comment les trouvez-vous? Magnifiques, lui dis-je Eh bien, voyons

voyons si elles vous sieront aussi bien que le reste. Je me regardai alors : je fus si surprise du changement que je trouvai en moi, qui je ne pus proferer une seule parole.

En effet, ce n'étoit plus Jeannette, c'étoit une Demoiselle grande, bien faite, & piquante : le rouge m'avoit éveille les yeux ; enfin, je l'avouerai, je me trouvai d'un éclat infini.

Qu'on me pardonne ici ce trait de vanité ; on peut le passer à une femme : je n'ai point trouvé mauvais, moi qui parle, que M. de la Vallée * fist valoir tout le merite dont il est pourvû ; je demande au public la même indulgence.

Pendant que je m'admirois ainsi, une Couturiere entra. Allons, Mademoiselle, me dit la femme de chambre, ôtez votre robe, & laissez

* Le Paysan Parvenu.

laiſſez prendre votre meſure : vous ſerez habillée à peindre ; Mademoiſelle Pagode eſt la premiere fille de France, pour faire valoir une jolie perſonne. Juſques-là, je n'avois ſoupçonné choſe au monde cette meſure, ce diſcours, m'ovrirent les yeux, mon eſprit ſe délia, je compris tout le myſtere. Ah ! Ciel ! me dis-je en moi-même, je ſuis perdue : je n'eus pas la force de m'expliquer davantage.

Cependant, on m'avoit deshabillée : la Couturiere faiſoit ſon devoir, avec une air cependant triſte & compatiſſant. Je ne diſois mot ; je ne ſçavois qu'imaginer pour parer le coup que je voyois qui m'étoit porté : j'avois toujours preſentes à l'eſprit les violences du Chevalier d'Elbieux, & tout ce qui m'étoit ſuſpect ſembloit m'annoncer un pareil ſort. Je me recommandai au Sei-

Seigneur, & ce fut lui ſans doute qui m'inſpira.

Je feignis de vouloir être ſeule pour ſatisfaire à des beſoins: la malheureuſe femme de chambre, que je vis telle alors, me dit qu'il n'y avoit perſonne qui dût me contraindre. Je fis paroître ſi naturellement de la honte, & j'en avois tant, qu'elle s'écria: Sortons, c'eſt encore un enfant, la moindre bagatelle l'étonne; mais, elle ſe fera comme les autres.

Dès que je fus ſeule, je tirai de ma poche un crayon, & j'écrivis ſur le premier morceau de papier qui ſe trouva les mots ſuivans.

BILLET.

Jeannette eſt perdue, Madame, ſi vous ne la venez pas arracher au malheur qui la menace: elle n'a pas le tems de vous en dire davantage.

Je mis l'adreſſe de Madame de

de G... au-dessus. J'avois imaginé par qui je ferois rendre mon Billet: la Couturiere m'avoit paru une honnête fille, j'avois remarqué qu'elle avoit soupiré plusieurs fois, en me regardant. Pendant qu'elle replioit les étoffes, je m'aprochai d'elle sous le premier prétexte qui me vint à l'esprit, & je lui coulai mon Billet dans la main, en lui disant: Si vous aimez la vertu, comme je n'en doute pas, portez au plus vîte ce papier à son adresse, & Dieu vous benira.

Il fut heureux que j'eusse pris sans retard cette précaution; un moment plus tard il n'étoit plus tems: la porte s'ouvrit. Quelle fut ma surprise de voir entrer M. de G..! Quoique je dûsse m'y attendre, je fus étonnée, je devins interdite & pâle. Ah! qu'elle est belle! me dit-il, sans faire attention à mon trouble; je je ne m'étois pas assurément trompé : peut-on voir une femme au-dessus de celle-ci ! Il s'aprocha de moi, & il me consídera de tous les côtez, (tout le monde avoit disparu à son abord.) Eh bien, charmante Jeannette, êtes-vous mécontente de votre sort, me dit-il ; & ne vaut-il pas autant être à Monsieur qu'à Madame ? Ce qu'on fait à present pour vous n'est rien en comparaison de ce qu'on fera dans les suites : dès le premier moment que je vous ai vûë, je vous ai marqué au coin de l'aisance. Venez, belle enfant, dites-moi donc quelque chose. Vous êtes triste : qu'avez-vous ? Auriez-vous encore desiré... il n'y a qu'à parler. Est-ce un bijou ? une bague, peut-être ? ah ! prenez, voilà la mienne.

En achevant ces mots, il tira de son doigt un fort beau diamant ;

mant; & il me le préſenta : je le repouſſai de la main. Qu'une jeune perſonne eſt embaraſſée, lorſqu'elle eſt ſage, dans de pareilles conjonctures ! Laiſſez-moi, Monſieur, lui dis-je à la fin : gardez tous vos préſens ; ils ſont trop dangereux. Je ne m'attendois pas à de pareils bienfaits, & encore moins à une ſemblable avanture. Dieu ſçait ſi mon intention a été d'y donner lieu. Comment donc! reprit-il, en prenant l'air le plus ſérieux, me ſerois-je mépris ? Que veut dire ce diſcours ? N'avez-vous pas accepté les offres que je vous ai faites d'avoir ſoin de vous ? Non, Monſieur, repris-je vivement ; je ne ſuis point accoutumée à votre façon de vous exprimer ; nous ne nous ſommes point entendus. Qu'avez-vous donc compris ? interrompit-il bruſquement. Que vous m'offriez votre amitié, repris-

repris-je, & que je m'en tenois honorée. Mais, cependant, continua-t'il, vous vous êtes mise dans le cas.... Ah! Monsieur, point du tout, m'écriai-je en pleurant: vous êtes trop honnête-homme, pour que la violence... Bon! que me dites-vous? interrompit-il avec un air plus doux: vous ne me connoissez pas. Je vous aime trop, pour vous causer le moindre chagrin, &, quand mes droits seroient mieux affermis, je ne voudrois pas en user, si je prevoyois qu'ils alterassent votre tranquilité. Cessez donc vos larmes, aimable Jeannette: vous jouïrez toujours avec moi d'un empire absolu; jamais l'on ne vous contraindra; vous serez la maîtresse de votre sort, & l'on ne cherchera que les occasions de vous plaire. Je ne generai point votre reconnoissance; vous en exprimerez les sentimens, lorsque

que vous en ferez veritablement touchée : en attendant, jouïssez tranquillement de la paix & de la douceur de ne dépendre de personne. Cet appartement est à vous, & vous ne pourrez rien desirer dorénavant, qui ne vous soit sur le champ accordé.

Bien loin que ce discours me calmât, il augmenta ma douleur. Que je suis malheureuse, m'écriai-je, que vous jugiez si mal de moi! Ah! plutôt mourir, que d'accepter de pareils présens. A quoi m'engageroient-ils, grand Dieu! A rien du tout, reprit-il : je vous laisse la maîtresse de votre cœur ; vous n'en disposerez que quand il vous plaira : je vous donne ma parole d'honneur ; me croyez-vous capable d'y manquer? Laissez-moi seulement la liberté de vous voir de tems en tems, & de vous faire du bien. Ce plaisir me suffit seul ; il me payera trop de tous

tous les ſervices que je puis vous rendre : lorſque vous me connoîtrez, vous avouerez, que je ne reſſemble point à ceux qui, fiers de leurs bienfaits, uſent tiraniquement de ce frivole avantage, pour humilier ceux qui les reçoivent, au point de les ſoumettre à leurs deſirs. Non, Jeannette, non; je vous réitere ma parole : je ne vous demande aucun retour. Votre délicateſſe, aulieu de me déplaire, me ravit: je vous eſtime autant que je vous aime; &, quelque goût que j'aye pour vous, je n'aurai jamais de façon dont vous puiſſiez vous repentir. La preuve la plus convaincante que je puiſſe vous en donner, c'eſt de vous laiſſer, & de me retirer : je de viendrai même ici, que lorſque vous me manderez. En achevant ces mots, il fit une profonde révérence, & ſortit.

Lorſqu'on n'a point d'experience,

rience, les choſes vous paroiſſent telles qu'on vous les preſente : ces diſcours étoient d'un honnête homme, ils me firent impreſſion ; & je me repentis, pour ainſi dire, d'avoir eu mauvaiſe opinion de M. de G... Je n'avois pas tort : la conduite, qu'il a tenue avec moi depuis ce tems, m'a prouvé, qu'il ſçavoit mettre en uſage les maximes qu'il m'avoit débitées ; j'aurois même voulu, s'il m'avoit été poſſible, empêcher que le billet n'eût été rendu. Après ce reflexions, le petit amour propre ſuivit : j'étois ſeule, & je ne pus m'empêcher de chercher dans les glaces des preuves des appas dont on me flatoit ſi ſouvent ; je parcourois mes traits, ſans y penſer j'applaudiſſois à mes charmes ; les étoffes étoient ſuperbes, je les jettois ſur moi, & j'en eſſayois le goût. Si-j'etois miſe ainſi, me diſois-je

& que le Marquis me pût voir, peut-être dans la ſuite ne ſeroit-il pas ſi long-tems à me donner de ſes nouvelles. Mais, continuai-je une moment après, quel mal y auroit-il d'accepter toutes ces choſes? Elles ne m'engagent à rien. M. de G.... m'en a donné ſa parole: il eſt ſi honnête homme....

Je m'occupois de toutes ces choſes, lorſque la femme de chambre rentra: elle étoit trop habile, pour ne pas connoître tout ce qui ſe paſſoit dans mon ame. Eh bien, ma belle Jeannette, me dit-elle, vous avez donc laiſſé ſortir Mr. Il m'a paru rêveur & chagrin: lui auriez-vous dit quelque choſe de diſgracieux? Oh? mon Dieu, non, répondis-je: il eſt vrai que, dans les commencemens, j'ai cru qu'il penſoit à des choſes qui m'auroient fait de la peine. Lui! reprit cette femme d'un d'un ton perſuadant. Ah ! ah! vous ne le connoiſſez pas : il ne faut , pour être comblée de ſes preſens, que lui plaire par quelqu'endroit. Allez ; allez, il mérite bien quelques complaiſances de votre part ; & il y en a plus de quatre à Paris, qui ne ſeroient pas ſi ſcrupuleuſes que… Fort bien , fort bien , s'écria Madame de G...., qui avoit écouté à la porte, & qui entra dans ce moment ; vous prêchez de belles maximes à cette enfant : allez , vous êtes une miſérable , & je ſuis bien aiſe de vous connoître. Ciel, qui l'auroit crû! Faut-il que j'aye été ſi long-tems la dupe de ſon hipocriſie ! Sortez, fourbe, ſortez à l'inſtant, & que je ne vous voye jamais ; & ſoyez ſûre, que ſi vous reſtez à Paris vingt-quatre heures, que je vous ferai pourir à l'Hôpital. Ah ! mon Dieu ! continua cette Dame, en ſe jettant dans une fauteuil comme hors d'elle, eſt-il poſſible que je me ſois ſervie d'une pareille créature! Cette indigne fille n'avoit pas cru devoir attendre le reſte de ce diſcours; elle s'étoit évadée aux premieres apoſtrophes: pour moi, j'étois interdite, comme ſi j'euſſe été la criminelle.

Madame paroiſſoit plongée dans une grande rêverie: elle en ſortit un moment après, & me regardant avec une bonté infinie, Je n'oublierai jamais, mon enfant, me dit-elle, votre ſageſſe & votre prudence: votre billet m'a été rendu par une fille qui me paroît bien vertueuſe. Remettez-vous, ne craignez rien de M; il reſpectera votre vertu: je le connois, il ſera le premier à la proteger, & vous ne perdrez rien pour avoir fait votre devoir. Malheureux domeſtique! s'é-

cria-

cria-t'elle, ſans toi mon mari n'eut jamais penſé à des actions ſi criminelles! Ces indignes complaiſans de leur Maître ſont preſque toujours les auteurs de la mauvaiſe conduite & du divorce. Joli petit manége, continua-t'elle en jettant les jeux ſur le couvert qui étoit mis; &, les promenant ſur toutes les nipes qui m'avoient été deſtinées: pauvre enfant! ajouta-t'elle, en conſiderant ma coëffure & mon rouge: appas ſéducteur; qui fait broncher ſi ſouvent la jeuneſſe! Cet examen me rendit honteuſe; je prens une ſerviette, j'arrache les mouches & le rouge. Embraſſez-moi, chere Jeannette, me dit cette vertueuſe Dame: j'aime à vous voir transportée de ce ſage dépit; vous pouvez à preſent vous montrer. Appellez-moi quelqu'un de mes gens, & que l'on me faſſe monter le maître ou la maîtresse de cette maison : je veux sçavoir à qui elle est, ou sous quel nom est loué l'appartement où nous sommes.

La maîtresse vint elle-même ; c'étoit une de ces femmes qui ne vous parlent jamais qu'avec des mines gracieuses, & qui se piquent d'une politesse achevée : celle-ci en avoit tant, qu'il étoit impossible, quelque prévenu qu'on fût, de ne lui pas répondre sur le même ton. Mon Dieu, Madame, faites-moi l'honneur de croire.... Tout étoit doux en elle, au point que je crois, que lorsqu'elle querelloit, la grace, l'honneur, & les pardons brochoient sur son aigreur : ses yeux, quand elle vous parloit, devenoient si petits à force de langueur, qu'à peine en pouvoit-on distinguer la prunelle ; elle ne disoit pas un mot, que ses levres ne fussent humectées de

sa

ſa langue ; & chaque phraſe étoit ponctuée par un petit crachottement, précédé d'une toux legere , terminée en aimable fauſſet.

L'on apprit de cette Dame doucereuſe , qu'on avoit loué à Mr. l'appartement ; mais que les meubles étoient à lui ; qu'elle ignoroit mon nom ; que Mr. l'avoit aſſurée , que j'étois mariée ; & que j'étois arrivée à Paris pour pourſuivre une ſéparation de bien, à cauſe des débauches outrées de mon mari, qui conſommoit tout ſon bien avec les femmes ; que je lui avois été très-recommandée ; & que j'appartenois à tout ce qu'il y avoit de plus diſtingué en Bretagne.

L'Hiſtoire n'eſt pas mauvaiſe ! s'écria Madame de G.... Mr. s'eſt moqué de vous, Madame ; il n'eſt rien moins que tout cela : adieu, continua-t'elle ; une autre fois , soyez plus circonspecte, lorsque vous recevrez quelqu'un chez vous : si vous aviez pris la peine de faire quelques reflexions, vous auriez pensé, que, puisque cette Dame est si fort recommandée à Mr., qu'il a une femme, & qu'il auroit pû lui donner un appartement chez lui, d'autant mieux que vous êtes convenue que vous nous connoissiez si bien : en achevant ces mots, elle fit tout mettre sous la clef : nous montâmes ensuite en carrosse, & nous retournâmes au logis.

Mr. en venoit de sortir : il avoit été prévenu par une Lettre de tout ce qui s'étoit passé ; & nous apprîmes bientôt, que la femme de chambre en question la lui avoit écrite : on nous dit, qu'il étoit allé à la campagne.

Quoique Mr. de G.... eût souvent des Maîtresses, il se conduisoit avec tant de discretion, &

& conservoit de si grands égards pour Madame, qu'il n'auroit pas voulu pour toute chose au monde la chagriner, ni faire aucun éclat. Dès qu'il fut à sa Terre, il lui écrivit : il la prioit d'oublier ce qui s'étoit passé ; & il lui promettoit que cela n'arriveroit pas davantage : il ajoutoit, que pour lui prouver qu'il n'y pensoit plus, elle pouvoit m'éloigner. Madame, dont les bontez pour moi augmentoient de plus en plus, me lut cette Lettre, & la Réponse qu'elle y fit : elle lui marquoit, qu'il avoit été fou de s'absenter pour une pareille bagatelle ; qu'on n'étoit pas quelquefois la maître de son goût, & qu'il étoit à souhaiter qu'il n'en eût jamais que de semblables ; qu'elle même en avoit beaucoup pour moi, & que je le méritois ; qu'elle n'avoit garde de me mettre dehors, & que ma sagesse lui répondoit de

 l'avel'avenir : cette Lettre finiſſoit par des aſſurances de la plus tendre amitié.

Si toutes les femmes s'y prenoient ainſi, lorſque quelque nuage éclipſe le ſoleil de l'hymen, l'on ne verroit pas régner le divorce auſſi communément qu'il le fait ajourd'hui.

Je paſſai près d'un an ſans avoir aucune nouvelle du Marquis : le tems & la raiſon avoient diſſipé cette violente ardeur qu'on m'a vûe dans la premiere partie de mes Memoires. Madame de G.... m'avoit pris dans une affection ſi tendre, qu'elle ne mettoit aucune difference entre Mademoiſelle ſa fille & moi ; je m'étois extrémement perfectionnée avec ſes Maîtres, ma voix s'étoit faite, & je chantois avec un gout qui me faiſoit admirer de tous ceux qui venoient à la maiſon. Mademoiſelle étoit bien

bien differente de la fille de ma Mareine, elle m'aimoit beaucoup, & elle ne pouvoit se passer un moment de ma présence. M. de G.... avoit changé l'amour qu'il avoit pour moi en bonté paternelle, & il ne tarda pas à m'en donner des marques: mais, quelque solides que fussent ses intentions, il sembloit que tout ce qui venoit de sa part devoit m'être desagréable.

Plusieurs de ceux qui venoient à la Maison s'attacherent à moi: entre tous ces amans, celui, qui parut le plus pressant, fut un certain M. Gripart Fermier General; il étoit riche, mais d'une fort vilaine figure. L'on a beau prêcher à une Demoiselle, que la raison doit être dans ses yeux, & qu'elle doit l'emporter sur le goût; j'avoue ingénuement, que je ne pouvois me persuader que M. Gripart fût supportable: cependant, il méritoit d'être écouté; il parloit sérieusement. Madame me l'avoit dit; & elle m'assuroit, qu'elle seroit la plus heureuse des femmes, si elle pouvoit parvenir à faire cet établissement. Je n'osois m'expliquer sur le dégoût que j'avois pour lui: j'esperois que ma naissance obscure, accompagnée de tous ses desavantages, détruiroit assez ces reflexions, sans que je parusse y prendre part; mais, M. Gripart, qui étoit un homme de rien lui-même, regardoit la qualité comme une heureux effet du hazard; il ne se repaissoit point de chimeres illustres: il a eu trop de part à mon Histoire, pour que je me dispense d'en faire le portait.

Il étoit d'une taille médiocre, & il avoit la moitié du corps comme celle de son visage, c'est-à-dire, toute differente: sans être bossu,

boſſu, il en avoit toutes les graces ; &, quelque droit qu'il ſe tînt, il avoit toujours l'air d'un homme qui ſe baiſſe pour ramaſſer quelque choſe. Sa phiſionomie ſera plus difficile à définir ; je n'en ai jamais vù de ſemblables. Sa tête étoit un ovale retourné, & le haut du front en faiſoit la pointe ; ſes yeux ſe rapprochoient à meſure que l'extrêmité diminuoit ; en conſequence les parties inférieures alloient en s'élargiſſant : ſa bouche étoit coupée en arc ; mais, au lieu d'être renverſée, ce qui eſt aſſez ordinaire, ſa levre ſupérieure ſe confondoit dans ſes narines ; & lorſqu'il rioit il étoit impoſſible de diſtinguer l'un & l'autre ; ſes levres, au lieu de ſortir en dehors rentroient en dedans ; & ſon nez, arrogant de l'avantage qu'il avoit ſur ce viſage, ſe gonfloit fierement au moindre de ſes mouvemens.

Ses yeux étoient auſſi gros que ceux d'un bœuf, mais il n'en voyoit pas cependant plus clair; les peaux qui les couvroient avoient une telle affection l'une pour l'autre qu'elles ne ſe deſunoiſſoient jamais ſans pleurer.

Il y avoit une diſtance extraordinaire du ſourcil gauche à l'œil; il montoit depuis l'un des coins juſqu'à la moitié du front, en ſe retrouſſant ſur lui-même; l'autre étoit ſi près de l'œil, qu'il ſe confondoit avec lui.

Son front auroit été d'une hauteur démeſurée, ſans le petit bouquet de ſourcils dont nous venons de parler, qui fixoit agréablement la vûë. M. Gripart étoit ordinairement coëffé d'une perruque fort épaiſſe; elle ſembloit ſervir de bordure à ce tableau monſtrueux.

Cet Amant, tel que je le dépeins, m'aimoit à la folie: il ne ſe paſſoit

paſſoit pas un jour, qu'il ne vint me voir ; il s'étoit acquis cette liberté, & celle de me parler tant qu'il vouloit; ſa figure & ſes diſcours me divertirent beaucoup, tant que je crus qu'il ne ſongeoit pas à moi ; il fut un long-tems ſans me faire l'aveu de ſa flamme, & je ne pouvois m'imaginer qu'un homme fait comme lui pût aimer comme un autre: cependant, la vertu, l'eſprit, & l'amour logent tous les jours dans le corps le plus mal fait; & ſouvent le caractere de ces gens diſproportionnez eſt préférable à celui d'un homme aimable & bien fait.

Il s'expliqua cependant un jour, & profita d'un moment que Madame écrivoit ; je brodois, il s'approcha de moi d'un air embarraſſé : quittez, me dit-il, cet inutile ouvrage, ne vous laſſerez-vous jamais de broder? Pourquoi donc, repris-je? Ah, ah! continua-t-il, t-il, c'eſt que j'ai des choſes à vous dire d'une conſequence aſſez grande, pour qu'elles méritent une attention unique de votre part.

Sçavez-vous bien que je vous aime depuis huit mois, ſix jours, & quatre heures? Vous riez: eſt-ce que vous traiteriez ceci de bagatelle? Peſte, une Gripart amoureux, il n'y en a jamais eu dans ma famille qui le fût; &, de mâle en mâle, mes peres ont épouſé leurs femmes ſans les aimer: je déroge ſeul à cette précieuſe pérogative. J'avois toujours regardé les femmes du haut des tours Notre-Dame; vous ſeule avez fait ce miracle: moi amoureux! En vérité, je ne le croirois pas, ſi je n'en étois convaincu par un ſommeil profond qui s'empare de mes ſens depuis que je vous connois: avant ce tems, je ne dormois ni ne mangeois, je n'étois occu-

occupé que du ſoin d'amaſſer de l'argent; aujourd'hui, je dors, je mange, & je ne dépenſe pas un ſol : effets prodigieux de ma paſſion! cela fendroit le cœur à un rocher : quoi! cela ne vous touche pas! Je veux vous en donner encore une preuve plus ſenſible : vous n'ignorez pas que l'interêt décide de tout; jugez à quel point je ſuis occupé de vous par ce que je vais vous dire. On m'apporta ces jours paſſez de l'argent : dès qu'il fut compté, je le ferrai dans mon coffre-fort; le porteur de cette ſomme en attendoit la reconnoiſſance : ſerviteur, je penſois ſi fort à vous, que j'avois oublié cette formalité, auſſi bien que l'argent que j'avois reçu; à la fin mon débiteur que je congedioís ſans lui donner de ſûreté, me dit, Monſieur n'a donc pas le tems de me faire une petite reconnoiſſance : quelle reconconnoiſſance, repris-je: un recepiſſé: continua-t'il; un recepiſſé! & pour quoi faire? ajoûtai-je. Monſieur ſe divertit apparemment, repliqua-t'il; c'eſt pour cet argent... Ah, ah! lui dis-je, dès que vous m'aurez compté neuf mille cinq cens livres, je vous donnerai volontiers ce que vous me demandez: laiſſez-moi, j'ai affaire; & je le pouſſai par les épaules hors de mon cabinet en lui diſant ces mots. Ce pauvre homme fut interdit du ſeriux & de l'action dont je lui parlois; il crut apparemment que je voulois le tromper, & il ſe mit mit à pleurer comme-une vache: ſurpris de cette lâcgeté, je me rappelai, & je ne pus m'empêcher de rire de ma diſtraction: je fis ce que je devois; &, pour qu'il ſe ſouvînt à ſamais que Gripart eſt amoureux, je lui donnai généreuſement une piece de douze ſols: il en fut ſi étonné,

étonné, qu'il s'en fut sans m'en témoigner sa reconnoissance; oh, je crois qu'il fut content comme un Roi.

Effectivement, repris-je en riant, la somme est considerable! considerable, reprit-il, sans doute; avec douze sols on peut faire bien des choses. Quelqu'un de ces jours je vous conterai l'Histoire de ma Vie; avec une pareille somme, j'ai fait ma fortune. Mais, revenons à mon amour; peste, cela est bien plus essentiel.

Monsieur Gripart enrichit tous les termes de sa déclaration de ceux de Finances, & de mille mots qui ont échapé depuis à ma mémoire: ce dont je me souviens est qu'il me compara à une grosse somme dont l'emploi devoit être à son usage, & qu'il finit en disant, qu'il voyoit bien que dans cette affaire les encheres seroient hautes par la quantité de de prétendans; mais, qu'il se faisoit fort d'emporter la ferme, & qu'il n'attendroit pas comme un benêt pour y mettre son dernier offre, que la bougie fût éteinte.

Cependant, j'avois appris que les vûës de cet Amant extraordinaire devenoient de plus en plus serieuses : une des filles de Madame nommée Christine, qui m'étoit fort affectionnée, avoit surpris un discours qui me regardoit. Monsieur appuyoit extrémement ce mariage, & Madame en faisoit ses desirs les plus doux.

Dès que je connus que c'étoit une chose assurée, je devins d'une inquiétude affreuse; je me rappellai les commencemens d'une passion autrefois si précieuse à mon cœur, & je me représentois les discours & les sermens que le Marquis m'avoit faits. O Ciel! me disois-je, est-il possible qu'il les ait

ait oubliés, & que depuis un ſi long-tems il ne m'ait donné aucune de ſes nouvelles! J'ay avois une ſi grande confiance! Fatale crédulité! que les hommes ſont ſéduiſans, & trompeurs! Je me mettois enſuite à pleurer, & c'étoit de la meilleure foi du monde.

Un matin que je me chagrinois ainſi, Chriſtine entra dans ma chambre en ſautant & en danſant. Que me donnerez-vous, s'écria-t'elle, pour les bonnes choſes que j'ai à vous apprendre? Je m'étois eſſuyé les yeux, lorſque je l'entendis venir; mais, les traces de mes pleurs étoient encore trop vives, pour qu'elle ne s'en apperçût pas. Qu'avez-vous donc, me dit-elle, d'un air compatiſſant? Vous avez pleuré, vous avez du chagrin, & vous me le cachez! vous êtes une méchante, & vous me le payerez. Je veux que

que vous m'en faſſiez confidence au plûtôt : pour à preſent, je vous avetis que votre mere eſt en bas, & qu'elle va monter dans un moment.

Cette nouvelle, à laquelle je ne m'attendois pas, me ſaiſit de mille choſes à la fois ; je fus ravie. Revoir une mere après une ſi longue abſence, quelle douceur ! Je jettai une robe ſur moi, & je courus pour me précipiter entre ſes bras. Je la rencontre, je ſaute à ſon cou, elle m'embraſſe tendrement. Quelle joye ! une de mes ſœurs étoit avec elle ; tour à tour mon cœur leur donnoit des marques empreſſées du plaiſir que je reſſentois ; je les conduiſis auſſi-tôt dans ma chambre : nous avions tant de choſes à nous dire, que nos diſcours s'entrechoquoient, & ne ſignifioient rien. Les premieres nouvelles furent de l'état de la famille ; mon pere ſe ſe portoit bien, & devoit arriver: mon autre ſœur étoit mariée à Colin, qui l'avoit épouſée par depit; j'en fus charmée par rapport à ma ſœur, ce garçon ayant de très-bonnes qualitez, & étant aſſez riche pour la rendre heureuſe.

Le Maître-d'Hôtel, qui me conſideroit beaucoup, ayant appris l'arrivée de mes parens, nous envoya à déjeûner dans ma chambre; je fis mes efforts pour en faire les honneurs, & c'étoit d'une affection infinie. Ma ſœur me regardoit avec des yeux d'étonnement. Voyez-donc, Maman, diſoit-elle: ce n'eſt plus Jeannette; c'eſt une Dame. Comme elle eſt miſe! le beau linge! J'étois dans un deshabillé de lit, cependant aſſez modeſte; je me plaiſois à ces remarques: la vanité eſt de toute ſaiſon, & rien ne fait plus de plaiſir à ceux qui ſont ſortis de leur patrie, que de paroître

tre comme il faut, lorſque l'on revoit quelqu'un des ſiens; je me promettois bien d'augmenter leur ſurpriſe en m'ajuſtant le mieux qu'il me ſeroit poſſible.

Sçavez-vous bien pourquoi je viens ici, Jeannette ? me dit ma Mere ſur la fin du déjeûner. C'eſt pour vous marier : ce ſeul mot me fit pâlir. A qui ? Colin l'étoit, & cela me raſſuroit; je ne voyois que M. Gripart. Ma mere s'apperçut de mon trouble. Eſt-ce de joye ou de chagrin, que je vous vois ſi émuë ? me dit-elle. Auriez-vous aſſez oublié l'éducation que je vous ai donnée, pour vous prévenir en faveur de quelqu'un ? Non, ma chere mere, repris-je interdite; mais, c'eſt que je ne m'attendois pas à une pareille nouvelle.

Eh bien, apprenez-la donc, continua-t'elle, en reprenant un air de bonté. Que vous êtes heureuſe

reuſe, après tout ce qui s'eſt paſſé, d'être tombée entre les mains de la Dame chez qui vous êtes! Il n'y a pas de ſorte de bien, qu'elle n'ait màndé de vous à votre Mareine; mais, la derniere Lettre qu'elle écrit met le comble à ſes bontez. Madame la Comteſſe m'a envoyé chercher, & m'a ordonné de partir au plus vîte, en me diſant que Madame de G... a un parti pour vous tout prêt, qui va combler de bien & d'honneur la famille: je n'en ſçais pas davantage.

Ma Mere achevoit à peine ce diſcours, qu'un Laquais vint l'avertir que Madame la demandoit: elle y fut ſur le champ, & elle laiſſa ma ſœur avec moi.

Elle penſoit bien différemment à mon ſujet, qu'elle ne le faiſoit autrefois; ſa joye de me revoir, & les careſſes ſinceres dont elle me combloit, avoient effacé les petits ſujets de chagrin qu'elle m'avoit donnez : quand on eſt bonne naturellement, on oublie aiſément.

Je ne la connoiſſois pas aſſez pour lui faire part de mes ſentimens ſecrets : j'aurois bien voulu cependant apprendre ce qui s'étoit paſſé pendant mon abſence ; j'hazardai de lui demander comment on ſe portoit au Château? Madame eſt toujours la même, me dit-elle ; elle doit venir au premier jour à Paris, avec Mademoiſelle, que M. de F... recherche depuis quelque tems : pour M. le Chevalier, on ne ſçait où il eſt ; on le voit rarement, depuis l'affaire que vous ſçavez : elle a bien fait du bruit, & on l'a rapportée de bien des façons.

Mon Dieu! que jai été aiſe, continua-t'elle, lorſque je vous

ai

ai ſçû en ſi bon lieu! Vous avez fait on ne peut pas mieux de ne pas revenir avec Colin. Comme vous auriés été régardée dans le Hameau! encore même à preſent, l'on n'y dit pas quatre paroles, que vous n'y ſoyez compriſe.

Ah! ma ſœur, lui dis-je avec empreſſement, aprenez-moi donc le ſujet de tous ces murmures; & je vous avouërai après cela, ſi leurs ſujets ſont légitimes, ou non. Vous ſçavez, reprit-elle, comme on eſt dans les petits lieux; d'une bagatelle, on en fait des choſes de conſéquence: le voiſin, attentif à ce qui ſe paſſe à la maiſon prochaine, ne laiſſe rien échaper, qu'il n'en recherche le principe, ou qu'il n'en invente de malins: on dit que M. le Marquis, Mademoiſelle du Parc, & vous, vous étiez d'intelligence, & que vous deviez être enlevée: on ajoûte, que

M. le Chevalier vous aimoit auſſi, & que c'eſt ſa jalouſie qui a découvert le myſtere. On vous blâme, d'avoir été la cauſe du Combat de ces deux Seigneurs, & que vous y aviez donné lieu en les écoutant tous deux: tout cela a été crû d'autant plus aiſément, que Mll. d'Elbieux a dit un jour tout haut, qu'elle ne vous avoit jamais pû ſouffrir, à cauſe de votre coquetterie avec les hommes.

Ces Diſcours commençoient cependant à ne plus tant avoir lieu, par la prudence que vous connoiſſez à ma mere : elle avoit donné le change aux Curieux, en leur diſant que vous étiez chez une de nos tantes. On l'avoit crû : mais, Colin étant revenu un jour, tout effaré, & meurtri de coups, reveilla toutes ces choſes, en rapportant ce qui lui étoit arrivé à votre rencontre; il publia, qu'il avoit fait tout ce qu'il avoit pû pour vous ramener, sans que vous y eussiez jamais voulu consentir; que vous aviez l'esprit gâté par les sornettes des Messieurs; que, cependant, il seroit venu à bout de son dessein, sans le maudit Valet de Chambre du Marquis, qui étoit venu à la traverse; qu'il falloit que cet homme fût sorcier, puisque, malgré son fusil, & le bâton de Christophe qui l'accompagnoit, ils avoient été tous deux repassez d'importance.

Il étoit si en colere, qu'il a été le premier à dire de vous tout plein de choses, & qu'il vous croyoit au pouvoir du Marquis dans quelque maison des environs.

Le même jour que Colin revint, M. le Chevalier arriva: dès

qu'il en fut informé, il fit appeller Colin, & ils furent un long-tems enfermez ensemble. Nous le vîmes sortir furieux d'avec lui : & il s'écria hautement, qu'il vangeroit Colin, & qu'il apprendroit a Dubois à maltraiter ses Paysans.

Pour ce qui est de M. le Marquis, il a envoyé réguliérement depuis votre absence deux fois par semaine s'informer si on ne vous avoit pas retrouvée. Dès qu'il a été en état de sortir, le Chevalier est disparu ; ce qui a fait présumer bien des choses. On ne sçait depuis quelque tems ce que ce Seigneur est devenu.

Malgré tous ces bruits, l'on vous aime toûjours ; il n'y a que cette Demoiselle d'Elbieux, qui n'échappe aucune occasion de vous faire de la peine. Dès qu'elle a sçû où vous étiez, elle a dit

à

à plusieurs personnes, qu'on ne seroit pas long-tems, sans entendre de vos nouvelles; que vous étiez une fine mouche; & que votre séjours à Paris avoit ses vûës, & qu'elle les soupçonnoit bien.

Eh! mon Dieu! que lui ai-je fait, repris-je; & pourquoi m'a-t'elle prise ainsi en aversion? Ah! nous le sçavons à merveille, continua ma sœur: elle aimoit en secret le Marquis: il ne l'a pas trouvée assez aimable, & s'est montré indifferent. Elle a sçû que c'étoit vous, qui en étiez la cause.... La cause! Elle a grand tort, repliquai-je, bien aise de trouver cette occasion de faire parler ma sœur: il ne m'a jamais paru, que M. de L. V. ait une si forte inclination pour moi qu'on le dit. Depuis que je suis sortie de la maison, je n'ai pas entendu parler de lui. S'il s'en soucioit aussi peu, continua malignement ma sœur, il n'auroit pas envoyé si souvent sçavoir de vos nouvelles. Il est vrai, que c'est bien inutilement; car, Madame nous a défendu de lui en donner aucune. Je ne sçai s'il a eu connoissance de cet ordre: mais, depuis ce tems; on n'en a pas entendu parler: on a cependant dit chez votre Mareine, qu'il s'étoit retiré dans une autre campagne dont je ne sçai pas le nom; que son pere avoit fait tous ses efforts pour le faire revenir à la Cour sans y avoir pû réüssir; & qu'il s'étoit fait ordonner la campagne par les Médecins, pour se délivrer des importunitez qu'on lui faisoit.

Ce discours reveilla toute ma tendresse pour le Marquis : je ne pus m'empêcher de soupirer.

Ah ! Jeannette, me dit ma sœur, je vois bien que vous aimez ce Seigneur ; je ne puis le désapprouver ; il le mérite : mais, songez quel tort vous feriez à votre établissement, si vous écoutiez trop l'inclination que vous vous sentez pour lui. Prenez-y garde : vous sçavez que vous ne pouvez lui convenir ; vous allez être mariée avantageusement : si l'on soupçonnoit quelque chose, cela seroit capable de rompre une aussi bonne affaire. Je vous remercie, lui dis-je, de ces bons conseils : votre amitié les dicte ; je tâcherai de les suivre, & je me sacrifierai. En achevant ces mots, je me mis à pleurer amerement : ma sœur en fut attendrie. Tenez, dit-elle, je ne puis vous voir plus long-tems chagrine : je ne voulois pas vous dire que j'ai une

Lettre à vous rendre : mais, malgré toutes les défenses, la voilà. Ne vous affligez donc pas davantage. Mademoiselle du Parc me l'a rendue, la veille de notre départ : elle vous aime toujours ; & je suis bien trompée, si elle ne vous donne pas des nouvelles de ce que vous aimez. Dubois la voit souvent ; &, quoique ce soit en secret, je n'ai pas laissé que de m'en appercevoir. Pardonnez, Jeannette, si je vous la cachois ; vous en voyez les raisons & les consequences.

J'ouvris avec précipitation cette Lettre : le dessus en étoit de femme ; mais, agréable surprise ! je reconnus le Caractere du Marquis. Le rouge m'en monta au visage, & je lus en tremblant ce qui suit.

Let-

Lettre du Marquis de L. V à Jeannette.

Où êtes-vous, charmante Jeannette ? Ce témoignage de ma tendresse & de ma fidelité vous sera-t'il enfin rendu ? O Ciel ! que l'inquiétude de votre sort me coûte de peines & de soucis ! La mort n'est pas comparable aux peines que j'endure ! Que vous est-il arrivé ? En quel lieu êtes-vous ? Je vous aurois cherchée jusqu'au bout de la terre, si je croyois vous y avoir trouvée ; mais, un pressentiment naturel me dit que vous ne devez pas être éloignée de moi. J'espere toujours quelque moment heureux : qu'il vienne au plûtôt, car je suis à bout de ma patience. Au nom de tout ce qui vous est de plus cher, apprenez-moi de vos nou-

nouvelles, si cette Lettre vous est rendue. Il n'y a que ce seul bien, qui puisse conserver une vie dont l'usage vous est destiné depuis long-tems.

Le Marquis de L. V.

Ce... Avril, au Château de L. V.

A peine eus-je le tems d'achever cette Lettre: ma sœur, qui avoit fait le guet, accourut, & elle me dit qu'elle entendoit monter. Je la serrai avec précipitation: on venoit m'avertir de descendre chez Madame. Je le fis avec une inquiétude qui étoit un présage de ce qu'on alloit m'annoncer.

Je suis bien aise, Jeannette, me dit Madame lorsque je fus entrée, de trouver l'occasion de vous dédommager de ce que votre

tre ſageſſe vous a fait refuſer. Le trait, que vous m'en avez donné, n'a pas été oublié; &, depuis ce tems, M. de G.... & moi, nous vous avons menagé votre fortune. L'on vous marie, le Contrat eſt ſigné, & j'ai mandé vos parens pour qu'ils ayent part à votre joye. C'eſt M. Gripart, que l'on vous donne: il a beaucoup de bien, & peut encore en amaſſer; il vous adore, & vous ſerez heureuſe avec lui: il vous aſſure vingt mille écus. Le Ciel ne marque-t'il pas clairement par cette fortune, qu'il récompenſe tôt ou tard ceux qui marchent dans les ſentiers étroits de la vertu?

Vous ne me répondez rien! Jeannette. Cette rougeur ſied, & marque votre modeſtie. Cela eſt bien, reprit ma mere: mais, cela ne doit pas l'empêcher de ſe jetter à

vos genoux, & de vous remercier, Madame, du plus profond de ſon cœur, de toutes vos bontez. Je m'y mis à l'inſtant, & je lui baiſai la main. Relevez-vous, mon enfant, me dit Madame en m'embraſſant : vous êtes ma fille; & ce ſera moi, qui ferai les frais de la nôce. Nous irons à ma Campagne. Monſieur eſt déjà parti, & vous donne pour préſent les choſes que vous ſçavez. Pour Mignonne (c'étoit le nom de Mademoiſelle) qui vous aime tendrement, mais qui n'a pas grand'choſe, elle veut que vous acceptiez ſon collier de perles. Ma mere, enchantée de tant de témoignages d'affection, pouvoit à peine exprimer ſa reconnoiſſance. Dans ce moment, on vint avertir Madame, qu'une viſite d'amies lui arrivoit. Nous nous retirâmes tous dans ma chambre;
&

& nous y fûmes ſuivis par une partie de Domeſtiques de la Maiſon, qui, ayant appris ce qui ſe paſſoit, venoient avec amitié m'en marquer leur joye, ma douceur m'ayant fait aimer de tout le monde.

Mon pere arriva le jour ſuivant : il fut ſurpris de me trouver ſi differente de ce qu'il m'avoit vûë ; ma ſœur me dit, qu'il en avoit pleuré de joye.

Le jour du mariage fut fixé au Mardi ſuivant, il n'y en avoit plus que trois. Il n'étoit pas en mon pouvoir de réſiſter : quelle raiſon aurois-je pû donner pour m'en défendre ? Cet Hymen faiſoit la joye & l'honneur de toute ma famille ; c'étoit de quoi l'on m'entretenoit à chaque inſtant : il n'y avoit que la nuit, que j'avois la liberté de ſoupirer & de me plaindre.

Ce-

Cependant, le moment fatal arriva, M. Gripart m'envoya la veille pour vingt mille francs de pierreries. Nous fûmes le même jour au Château de C.... choisi pour la celebration de mon mariage. La nouvelle s'en étoit répanduë dans les environs; & le monde y accouroit de toutes parts.

Le lendemain, on me fit lever à quatre heures: j'étois triste, & comme une victime, qu'on conduit à l'Autel. On me fit l'honneur d'attribuer l'inquiétude, qui me devoroit, à cette crainte timide, dont une fille de mon âge est saisie à l'approche de l'hymen: hélas! j'étois bien occupée d'autres soins!

Deux jours avant celui-ci, j'avois été combattuë entre l'amour & la bienséance. L'amour vouloit que j'avertisse le Marquis de de mon mariage ; j'avois ſon adreſſe, cela m'étoit poſſible. S'il m'aime autant qu'il me le marque, diſois-je, & qu'il ait des vûës auſſi favorables qu'il ſemble le temoigner, il ſçaura bien rompre ce fatal hymen ; ou, du moins, s'il penſe differemment, j'aurai moins de regret à me déterminer. La bienſéance, d'un autre côté, s'oppoſoit à une telle démarche : elle étoit trop hardie pour une fille bien élevée ; c'étoit quêter un mari. Quel affront feroit-ce pour moi, continuois-je, ſi, ce pas fait, il ne répond pas comme il le doit ! J'en mourrois de chagrin. Je n'avois pas plûtôt decidé d'un côté, que mon eſprit penchoit de l'autre. Terrible état que l'incertitude : & que je plains ceux qui ſont aſſez malheureux pour être agités au point de ne pouvoir ſe réſoudre !

Cependant, l'on me conduisit à l'Eglise : la Messe entenduë, l'on nous faisoit déja l'Exhortation ordinaire à ceux qu'on marie ; la ceremonie étoit commencée, M. Gripart avoit déja prononcé ce oüi fatal. Le Prêtre se tournoit de mon côté pour m'en faire dire autant, lorsqu'une voix s'écria du fond de l'Eglise : *Arrêtez, arrêtez.*

Le Curé demeura tout court : l'Assemblée tourna les yeux vers l'endroit d'où étoient partis ces mots. L'on vit arriver une grande Demoiselle, qui fendoit la presse, & qui, s'étant avancée à l'Autel, demanda à parler au Prêtre en particulier. Il entra avec elle dans la Sacristie, suivi de Madame & de M. Gripart. Je demeurai à ma place, interdite, & ne pouvant imaginer la cause d'un pareil événement.

Ce-

Cependant, le Peuple, étonné de ce qui venoit d'arriver, accourut en foule à l'Autel. Chacun me regardoit avec des yeux avides & curieux. Les uns disoient, la mariée est bien aimable, & merite sa fortune; d'autres, c'est dommage qu'il y ait empêchement: un Paysan s'écria, Va, va, elle ne chaumera pas de mari.

La porte de la Sacristie s'ouvrit enfin: un Marguillier vint me chercher; je le suivis, & l'on referma la porte dès que je fus entrée.

Votre mariage ne se fera point aujourd'hui, Jeannette, me dit Madame de G.... jusqu'à ce que M. Gripart ait levé une opposition que fait une fille, à laquelle il a donné dans sa jeunesse une promesse de mariage. Elle demeure dans ces cantons, &,

&, ayant appris celui qu'il devoit contracter avec vous, elle a envoyé cette Demoiselle, pour y mettre empêchement. Elle étoit venuë un peu tard : nous aurions pû passer outre ; mais, il vaut mieux attendre, & que toutes les parties soient d'accord.

Je suis au desespoir, Mademoiselle, reprit M. Gripart, de ce qui vient d'arriver: il n'y a personne qui ne fasse des étourderies dans sa jeunesse. J'avois oublié la promesse dont il est question ; mais, ce n'est reculer que pour mieux sauter, & je suis persuadé que l'opposante se mettra à la raison. Elle ne demande pas mieux, interrompit la Dame qui avoit empêché la ceremonie ; à condition que vous l'épouserez, ou que vous ne vous marierez jamais. Cela est un peu fort, reprit M. Gripart ; mais, ce lieu

lieu n'est pas fait pour raisonner de ces choses; montez avec moi dans mon carrosse, nous irons la trouver ensemble: il lui donna la main, fit une profonde reverence, & il sortit.

Nous retournâmes ensuite au Château. Mon pere & ma mere étoient fort tristes: pour moi, je dissimulois la joye secrete qui s'étoit emparée de mon cœur; & j'esperois, sans sçavoir cependant pourquoi, que cet Hymen se ne feroit pas.

Mais, mon esperance & ma joye ne durerent pas long-tems. M. Gripart revint le lendemain fort gai; l'opposition étoit levée: quelqu'avare qu'il fût, il ne l'avoit pas été dans cette occasion; avec l'argent, on vient à bout de tout. Mes frayeurs me reprirent: mon pere & ma mere triomphoient. Le mariage étoit fixé pour

pour le ſur-lendemain & il n'y avoit plus d'obſtacle qui en dût troubler l'execution.

La veille du jour que nous devions être abſolument mariez, nous nous promenions ſur une terraſſe qui eſt fort élevée ; un pré eſt au-bas du mur, & au bout du pré à trente ou quarante pas eſt le grand chemin: toute la compagnie s'entretenoit de pluſieurs choſes agréables. M. Gripart étoit près de moi, & me fatiguoit de ſes diſcours ordinaires: j'étois appuyée triſtement ſur une baluſtrade qui regne autour de cette terraſſe, & mes regards ſe promenoient indifferemment ſur les objets qui ſe preſentoient , lorſqu'il parut dans le grand chemin un nombre de chevaux , ſuivi d'une meute de chiens qui alloit aſſez doucement. Cette vûe me rap-

rappella la rencontre que j'avois faite dans la Forêt de Fontainebleau, & le moment précieux qui m'avoit donné la connoissance du Marquis : mes yeux s'arreterent avec une certaine satisfaction. Il sembloit que j'eusse un pressentiment de tout ce qui m'alloit arriver.

Un homme seul, habillé de verd avec des galons d'or, traversoit lentement le pré, & il avoit pris un sentier qui passoit au-bas de la terrasse : son cheval avoit la bride sur le cou, &, profitant d'une rêverie dans laquelle son maître sembloit enseveli, il se baissoit, & s'arrêtoit de tems en tems pour arracher quelque peu d'herbes. Le Cavalier avoit les deux bras croisez, la tête panchée, & il avoit l'air de méditer u elque chose d'important.

Cet état conforme au mien me

me le fit examiner avec ſoin: le battement de cœur me prit; en parcourant ſes traits, à meſure qu'il avançoit, je croyois les reconnoître. Helas! c'étoit le Marquis lui-même: ſon image étoit trop bien gravée dans mon cœur, pour que je le méconnuſſe. Lorſqu'il fut au-bas de la baluſtrade où j'étois, il leva les yeux ſur nous, & il nous ôta ſon chapeau: je le vis alors entierement; je ne fus pas alors la maîtreſſe de mon trouble; je jettai un grand cri, & je me trouvai mal.

Tout le monde s'empreſſa de me ſecourir: je n'avois pas perdu connoiſſance, & mes regards n'avoient pas quitté le cher objet qui les avoit ſi fort attendris. Le Marquis s'étoit arrêté au cri que j'avois fait; &, m'ayant conſideré avec beaucoup d'attention: Ah! Dieu! c'eſt elle, s'és'écria-t'il ! En disant ces mots, il pique son cheval, & il disparoît dans le moment.

On étoit si occupé de me secourir, qu'on ne fit attention à aucune de ces choses. M. Gripart & mon pere me prirent sous les bras, & ils me conduisirent dans une salle, où l'on me mit sur un canapé.

Comme la joye avoit occasionné mon émotion, elle n'eut point de suite fâcheuse : je me remis un moment après, avec une satisfaction que je n'avois pas ressentie depuis long-tems.

Madame de G... avoit demandé, lorsque le Marquis passa près de la balustrade, si quelqu'un connoissoit ce Seigneur; on le jugeoit tel à sa suite : mon pere, avec son sens commun, avoit fort bien senti, qu'il étoit de la prudence de taire qu'il sçavoit qui il étoit : ma mere, par vanité, ou par envie de parler, ne fit pas cette prudente reflexion. Vraiment oui, nous le connoiſſons, Madame, s'écria-t-'elle : c'eſt M. le Marquis de L. V. celui qui a apporté à notre future cette gratification dont il a tant été parlé. Ah, ah ! reprit Madame de G.... Fort bien : nous avons bien la mine, ſur ce pied, de voir encore échouër notre mariage ; je me doutois bien, que notre fille n'avoit pas changé de couleur pour rien. Il n'y a couleur qui tienne, interrompit impatiemment mon pere ; elle achevera ſon mariage : c'eſt moi, Madame, qui vous en répons ; & s'il manque, ce ne ſera pas de ſon côté. M. le Marquis n'en pas pour elle. J'aime à vous entendre parler de la ſorte, reprit Madame ; mais, je ſuis bien embarraſſée de ce que nous ferons, en cas qu'il vienne ici : en

tout

tout cas, il eſt heureux que M. Gripart ne ſe ſoit apperçu de rien: qu'on ſe garde bien s'écria-t'elle, de parler de ces choſes devant lui.

J'entendis cette converſation de la chambre voiſine.

Cependant, on vint avertir Madame, qu'un Cavalier la demandoit: je me doutai bien de quelle part; & je fus d'une inquiétude extrême: mon pere & ma mere jetterent les yeux ſur moi, & je baiſſai les miens. M. Gripart, qui étoit rentré, entendant la venue de ce Seigneur, s'écria qu'il étoit bien venu, & qu'il falloit qu'il nous fiſt l'honneur de ſouper auec nous.

Un quart-d'heure après que Madame de G.... s'étoit enfermée avec le Marquis, elle m'envoya chercher. J'entrai en tremblant dans la chambre: Approchez, ma chere enfant, me dit-elle; & ſervez vous de l'empire que vous avez ſur Monſieur, pour plaider vos droits & votre fortune: il s'oppoſe à votre mariage; & il eſt prêt, dit-il, à tout entreprendre pour l'empêcher. Le Marquis étoit aux genoux de Madame; il les quitta, & vint ſe jetter aux miens, en me diſant, Ah, Jeannette, que vous ai-je fait, pour me rendre le plus malheureux de tous les hommes?

Qu'un Amant eſt puiſſant dans cette humiliante ſituation! Les larmes me vinrent aux yeux: que demandez-vous? Lui dis-je; eſt-ce à moi de diſpoſer de ma main? Au nom de Dieu, laiſſez-moi: retirez-vous; & n'abattez pas une vertu, que votre preſence ne trouble que trop.... Que je me retire! reprit-il. Ah! Mademoiſelle, eſt ce ainſi que vous recevez un homme qui vous adore,

après

après une si longue absence, & qui ne vit que pour vous depuis le premier jour qu'il vous a vûe! La fortune vous éblouit-elle, ingrate, au point de me sacrifier? Je vous ai écrit vingt fois: quelles réponses m'avez-vous fait? Quelle est celle, que j'ai reçûe hier de votre part; de vous laisser en repos; que vous ne m'aviez jamais aimé; & que, pour m'en donner des preuves, vous épouseriez le premier qui se présenteroit; que je ne sçaurois votre azile, que lorsque vous seriez entre les bras d'un époux... Ah! Mr. arrêtez, lui dis-je; je ne mérite pas ce reproche: je ne vous ai jamais écrit... Vous ne m'avez pas écrit? cruelle! Ma parole a donc besoin de témoignage? Ah! Dieu! quel outrage nouveau! Me croyez-vous capable de vous en imposer? Il faut des preuves; en voici: voyez cette Lettre, continua-t'il, en m'en présentant une? Aviez-vous appris à écrire, pour faire un pareil essai? Je jettai les yeux sur ce papier: mais, quelle fut ma surprise, de reconnoître l'écriture de Mademoiselle d'Elbieux! Madame de G..., qui s'étoit approchée, & qui la connoissoit, l'assura de cette verité. Ah! Madame, lui dit-il, vous me rendez la vie! Achevez, belle Jeannette, de me la conserver, en me promettant que vous n'épouserez point votre nouvel Amant. En suis-je la maîtresse? interrompis-je. O Ciel! n'est-ce point vous qui m'accablez? puis-je résister à un pere & à une mere? Dois-je tromper les bontez de Madame? Dieu sçait si c'est par goût, ou par l'interêt de ma fortune, que je vais à l'Autel. Vous irez donc? reprit tristement le Marquis: vous voulez donc,

donc, que la fin de votre hymen ſoit celle de ma vie? A Dieu ne plaiſe! m'écriai-je, en redoublant mes pleurs: elle m'eſt trop chere. Hélas! je ne vous aime que trop, pour mon repos: mais, comment éviter ce mariage? Quelle raiſon voulez-vous que je donne de ma déſobéiſſance? Que vous m'aimez, belle Jeannette, continua-t'il. Ah! repris-je, s'il n'y avoit que cet aveu, qu'il me ſeroit doux de le faire! Il ſuffit, il ſuffit, belle Jeannette, repliqua-t'il vivement. Pardonnez, Madame, mes tranſports; ce moment décide du reſte de ma vie. Je connois à votre air, continua-t'il, en lui preſſant tendrement les mains, que ma ſituation vous touche, & qu'elle vous fait pitié: je vous ai dit la pureté de mes intentions; m'en croyez-vous à ma parole, & me tiendrez-

 vous

vous la vôtre? Parlez: vous voyez que cette chere enfant ne desavoue pas les mouvemens de son cœur. Répondez, reprit-il, en se jettant de nouveau à ses genoux. . . . O Ciel! vous hésitez: qu'en dois-je croire? Fait-il, pour vous toucher, m'arracher la vie à vos yeux.

Que vous m'embarassez, Mr. reprit Madame, après avoir rêvé un moment. Comment rompre une affaire si avancée? M. Gripart, quoiqu'il ne soit pas né de votre sorte, tient une place dans le monde. Il est de nos amis: quelle raison apporter à nous refus? D'ailleurs, Jeannette m'est chere: un moment de reflexion me fait penser bien des choses. Je vous crois d'une probité sans égale: votre parole est sacrée, je n'en doute nullement; mais, Marquis, convenez que M. votre Pere en consentira jamais

à

à une union si disproportionnée : il s'en est déja expliqué, & il me voudroit un mal à mourir, s'il me soupçonnoit d'avoir été capable de flatter une telle passion. Tout ce que je puis dans tout ceci, c'est de ne point retracter la promesse que ma compassion vous a faite : je trouverai les moyens de reculer cet hymen de huit jours ; profitez de ce tems pour le rompre de façon que Jeannette n'y perdre rien: en achevant ces mots, elle sortit. Je voulus la suivre ? mais, le Marquis m'arrêta.

Attendez un moment, me dit-il, d'un air triste & égaré, ou vous m'allez voir perir à vos yeux ? Comment, Jeannette, vous voulez m'abandonner à mon desespoir ? Mon Dieu que puis-je ? lui dis-je allarmée de l'état où je le voyois ! Que répondre aux raisons que vous venez d'entendre ?

Que

Que vous me les ſacrifiez, me dit-il; & que vous ne paſſerez pas outre à ce fatal hymen. Qu'exigez-vous de moi? continuai-je: vous m'allez perdre dans l'eſprit de tous ceux auſquels je ſuis attachée. Non, non, interrompit-il vivement; votre honneur m'eſt plus cher que ma vie: je ne veux point vous rendre malheureuſe. Je ſuis prêt à vous donner la main: recevez ma foi; mes ſermens, j'en atteſte le Ciel! Jamais je n'aurai que vous pour épouſe: j'ai toujours penſé de même; & je n'attendois que les occaſions pour vous le prouver. Je dépends d'un pere, il eſt vrai; mais, ſi vous conſentez à mon bonheur, il eſt aiſé de nous unir, & de le lui chacher: il eſt vieux, il ne peut vivre long-tems; à Dieu ne plaiſe cependant que je ſouhaite ſa mort, j'aimerois mieux plûtôt perdre la mienne, je veux même

lui

lui éviter le moindre chagrin ; & c'eſt par cette raiſon, que je vous propoſe une union ſecrete. Si vous m'aimez.... Ah ! je vous aime, helas! repris-je, au-de là de tout ce que je puis dire. Mais, Mr. je ne conſentirai jamais à un pareil hymen ; rien au monde ne feroit capable de me faire changer : je vous aime, je vous le repete, en voulez-vous des marques ? Je deſobéirai, s'il le faut, à ceux qui m'ont donné le jour : oui, continuai-je, en redoublant mes pleurs, je révolterai tout le monde contre moi, mais, n'en attendez pas davantage. Quoi ! s'écria vivement le Marquis, vous me refuſez, vous ſoupçonnez mes ſermens, vous me croyez un lache, un perfide.... Non, non, interrompis-je : j'ai une confiance parfaite : je reſſens la grandeur de vos ſentimens pour moi ; & je veux m'en ren-

rendre digne, en me mettant au-dessus des foiblesses que j'ai pour vous. Je n'ai que ma vertu pour tout bien : au nom de Dieu, ne me l'ôtez pas, & ne la flétrissez point par de paréilles propositions En. achevant ces mots, je m'enfuis de toutes mes forces. Madame de G...., qui nous avoit écoutez, m'arrêta : entrons dans cette chambre, me dit-elle ; j'ai quelque chose à vous dire d'une consequence infinie : elle ferma la porte sur nous ; &, après m'avoir fait asseoir, elle me parla en ces termes.

Fin de la seconde Partie.

www.ingramcontent.com/pod-product-compliance
Ingram Content Group UK Ltd.
Pitfield, Milton Keynes, MK11 3LW, UK
UKHW031901260826
14628UKWH00002B/915

9 782329 564142